U0164306

餘閒偶得

陳永明　著

匯智出版

序

　　退休十多年來，為《澳門日報》大概每月寫兩篇小文，積下來已有二百多篇了。這本書大部分是選自那二百多篇的專欄，加上小部分在其他報刊發表過的舊作輯成的。

　　我國歷史上因退隱而出名的大抵有三個人：周初的伯夷、叔齊兩兄弟，和晉宋年間的陶淵明。伯夷、叔齊其實並不願意退隱，只不過找不到不違背他們原則的工作，逼不得已隱退，從他們餓死首陽山下前所作的歌，最後兩句：「于嗟徂兮，命之衰矣！」便可以窺見。陶淵明卻是真箇喜歡，載欣載奔快樂地跑向歸隱的。他認定歸去來的是，以前的生活之非。這本書既是退休後自選的文集，書題：《餘閒偶得》，和書內五章的分題，都是取自這位最懂得享受退隱生活的詩人——陶淵明的作品，就當是一個退休人對靖節先生的禮讚。

　　本書分五部分。第一部分「歸去來」是描述老來的心境和退休後定居異域的生活。陶淵明歸隱後「樂琴書以消憂」，書的第二、第三部分是和大家分享從聽音樂、看書所得的樂趣和感想。第四部分「尋壑經丘」是多年旅遊的見聞和感受。

淵明〈移居〉詩兩首，談到他和友朋的交往：「聞多素心人，樂與數晨夕……奇文共欣賞，疑義相與析。」〈其一〉，「……閑暇輒相思。相思則披衣，談笑無厭時。」〈其二〉。第五部分，就是和各位讀者在文字上談笑無厭，奇「聞」欣賞，疑義相析。

　　希望讀者閱讀這本文集的時候能夠享受到像我選寫這本文集時候所得的樂趣。

目錄

四　尋壑經丘

五　談笑無厭，疑義相析

一

歸去來

歸去來兮

　　陶淵明的〈歸去來辭〉是一篇美麗的隱逸宣言。我國的文化視隱逸為清高，尊重隱者的淡泊名利，不以身為形役，所以歷史上隱士很多。然而不少只是藉隱逸來沽名釣譽、身在江湖、心存魏闕的假隱士。表面上「投簪逸海岸」，但只要有半點兒機會便忙不迭地「解蘭縛塵纓」了。

　　且把假隱士撇開不談，不是以退為進的真隱士也可以分兩類：一是以隱來明哲保身。他們並不是真的想隱，只是不滿意當下的工作，所處的社會，所以不得已而隱。歷史上著名的伯夷，叔齊便是這類的隱者了。他們本來是樂於出仕的，只是認為周武王的政策是以暴易暴，而恥食周粟。他們臨終所作的歌，最後兩句：「于嗟徂兮，命之衰矣！」便可以看到他們是如何不得意了。太史公說：「由此觀之，怨邪非邪？」我看是怨的居多。

　　另一類是真箇喜歡退隱生活的，退隱並不是為了逃避不愉快，而是順心適性，過自己所要過的生活。陶淵明就是這類的隱士。沒錯，他的宦途並不十分得意，不過這似乎不是他歸隱的原因。他說過：「少無適俗韻，性本愛丘山。」這應

該是真話。他有一首〈始作鎮軍參軍經曲阿〉裏面寫道:「目倦川塗異,心念山澤居。望雲慚高鳥,臨水愧游魚。……聊且憑化遷,終返班生廬。」大家請留心詩題,那是「始」作鎮軍參軍,也就是他赴新職、途中所作的詩。就只在赴任途中,還未到任,便已經慚高鳥,愧游魚,計畫「終返班生廬」——退休了。他真是徹首徹尾一個質性自然、完全不能適俗的人。所以到他義無反顧地退休的時候,他是「載欣載奔」地走向歸隱,沒有發「命之衰矣」這類的哀鳴的。退隱以後,「悅親戚之情話,樂琴書以消憂」,「既窈窕以尋壑,亦崎嶇而經丘」,欣悅之情洋溢字裏行間。他被尊為隱逸詩人之宗是很有理由的。

現代的退休和昔日的退隱有不少相近的地方。以退休為仕進手段的假退休人士大概不多,但懷着滿肚子怨氣,嗟嘆「命之衰矣」非常不快樂地退休的人卻也不少。退休要快樂,得學淵明一樣,不以棲遲無事為苦,以琴書自娛,享受與親友的交往,欣賞生活的閒趣。載欣載奔地跑向退休,也便自然「樂乎天命復奚疑」了。

荒城古渡，落日秋山

　　我很喜歡王維〈歸嵩山作〉一詩：「晴川帶長薄，車馬去閒閒。流水如有意，暮禽相與還。荒城臨古渡，落日滿秋山。迢遞嵩高下，歸來且閉關。」

　　王維雖然在安史之亂時曾一度被迫出仕，但亂平後得到朝廷的諒解，沒有受到懲罰，還被委任為太子中允，後轉尚書右丞，可算宦途得意，事業成功。這首詩是他歸隱嵩山時作的，無嗔無怨，閒適自然，很能表示他退隱時的心境。

　　詩的頸聯我特別喜歡：「荒城臨古渡，落日滿秋山。」城和渡在中國詩裏面往往代表重要的職位。王維退休了，雖曾居可以比喻城津的要職，但都已成往事，現在只是個荒廢的城，棄置的渡。讀者也許會問：「自比荒城古渡，還說無嗔無怨？」的確，不少退休人士忘不掉以前的「有用」，依戀城渡的風光，覺得自己現在一無用處，被人遺忘，棄置一旁，也就如《紅樓夢》青埂峯下那塊自以為無材補天的頑石，整天自怨自艾，遑遑不可以終日。可是王維並不只在「荒城臨古渡」一句停下來，還有下句：「落日滿秋山」。

　　美東北是秋葉區，我在那裏住超過了十年。每年十月上

中旬，就是賞葉的好日子，美國的自然景色，在我而言再沒有比秋葉更絢麗動人的了。陸游説：「詩情也似并刀快，剪得秋光入卷來。」我沒有快似并刀的詩情，就讓我引用聞一多詠美國秋葉的句子吧：「哦，這些樹不是樹了！是些絢縵的祥雲。……是百寶玲瓏的祥雲。……是紫禁城裏的宮闕……。是金碧輝煌的帝京。」聞一多的詩句還嫌造作，納蘭只一句：「綠殘紅葉勝於花」，境界全出矣。在斜陽晚照下，漫山遍野斑爛秋葉的顏色都活起來了，不只色彩繽紛，更是閃爍晶瑩有似名家彩畫，天孫織錦。落日秋山雖然是日之末，年之終，沒有城渡的顯赫，卻是叫觀者心曠神怡，欽羨不已，禁不住像聞一多一樣心中叫道：「哦！我要過這個色彩的生活，和這斑爛的秋樹一般！」

　　一位老人家，一生只是家庭主婦，然而持家有道，兒孫成材，四代同堂都以老人家為榮、為樂，都希望能有個像她一樣豐盛的人生，就像落日秋山一樣為環繞她的人所欽羨。但她卻不快樂，覺得自己沒有用，成為兒孫的負累，把自己視為荒城古渡。歲月不饒人，始終有一天我們都要成為荒城古渡，可是不必自怨自艾，我們仍然可以是落日秋山一樣的璀璨。

虛室有餘閒

　　慶祝一位朋友退休，晚飯後其中一個餘興節目：準備一個鬧鐘，讓朋友用鎚敲碎，表示從今以後，時間是自己的，不必再靠鬧鐘做人了。朋友興奮得很，只一鎚便把鐘敲個支離破碎，旁人禁不住發出由衷的掌聲，於茲可見大家都十分嚮往，憧憬這種無鐘的、時間是自己的生活。然而，當時間真都是自己的，過着「起晚眠常早」、「虛室有餘閒」的生活，開始的時候確實寫意。但一兩個月下來，便不禁自疑，這種自由自在、無所事事的生活是不是懶散浪費？因為我們除了工作以外，便再不曉得如何運用時間了。我們尊為隱逸詩人之宗的陶淵明，根據他的自述：「少時壯且厲，撫劍獨行遊」，「猛志逸四海，騫翮思遠翥」，受了傳統教誨的影響，上進心、幹勁都是很強的。到了中年還未得志，在《飲酒・十六》詩中，便不禁有點自責：「行行向不惑，淹留遂無成」，為自己的蹉跎感到慚愧了。漸漸他悟到「質性自然，非矯厲所得」，人生態度改變了，晚年的《九日閒居》結束的兩句：「棲遲固多娛，淹留豈無成？」最後一句和《飲酒》詩的「淹留遂無成」相差只一字，然而所呈示的心境和人生態度卻

是有雲泥之別。淹留再不是叫人慚愧的蹉跎，裏面是有它的「娛」和「成」的。怎樣享受「餘閒」，怎樣享受棲遲中的娛與成，也就成了過快樂退休生活的第一個功課。

英哲羅素（Bertrand Russell 1872–1970）寫過一篇題為〈閒散的禮讚〉（In Praise of Idleness）的文章，談到學習處理閒暇這個問題。雖然內容尚有些可商榷之處，遣詞用字不時有點過激，但卻頗能發人深省。在文章的開始，羅素說：「像大多數我這一輩的人，從小接受的教育告訴我，魔鬼總會找到一些壞事情給閒散的人去做的。……因此我培養出一個直到今日還驅使我勤奮不休地工作的良心。然而我的行為雖然受良心的支配，意見卻起了革命。這個世界實在太多工作了。工作就是美德這個信念給世界帶來了巨大的傷害。在現代工業發達的國家，我們需要宣揚的是和一貫傳統迥異的教誨。」這個與傳統迥異、亟待宣揚的教誨便是：重視閒暇，學習怎樣處理閒暇。羅素說：「如果看過我這幾頁文章，青年會的領袖便開始推行怎樣訓練有為的青年閒散，那我可便沒有白活了。」

閒暇為甚麼重要？為甚麼值得鼓吹宣揚？從前，我們認為人需要空閒，因為工作需要休息。閒暇只是工作交響樂裏面的休止符。主題仍然是工作。其實，我們的工作並不一定是我們所喜歡做的，只是為了餬口。因此東坡嗟嘆：「長恨此身非我有，何時忘卻營營。」只有在工餘的閒暇中，我們才可以幹自己真箇喜歡的事，重拾真我。我們辛辛苦苦工作，

除了餬口以外，還是為了賺取多一點「忘卻營營」，可以活出自己真性情的閒暇。工作和閒暇主次互易，閒暇不是為了工作得更好，給工作「充電」。反而工作是為了多賺取閒暇，可以活出真我，幹自己喜歡的事情，探索與謀生無關種種有興味的問題。

在《與子儼等疏》，也就是他給兒子的遺書，陶淵明說：「見樹木交蔭，時鳥變聲，亦復歡然有喜。常言五六月中，北窗下臥，遇涼風暫至，自謂是羲皇上人。」在有餘閒的生活中，樹蔭、鳥鳴、半刻休憩、一陣涼風，他都欣賞得到。在他還謹守傳統的教訓：「四十、五十而無聞，斯亦不足畏也已」的時候，患得患失，冰炭滿懷，對四周環境的體會是：「敝廬交悲風，荒草沒前庭。被褐守長夜，晨雞不肯鳴」，生命中哪有絲毫欣喜？直到他歸去來之後，「息交遊閒業，臥起弄書琴」，才發現到生命的多娛，生活中的無窮樂趣。「猛志逸四海」固然好，然而在弄琴書的「閒業」裏面，卻是可以「俯仰終宇宙」，怪不得淵明歌頌這些「多娛」的「閒業」——「此事真復樂，聊用忘華簪」了。

老

「官應老病休」，退休大部分都是因為達到了退休年齡，
說白一點，也就是老了。我退休已經超過了十年，那就更不
能不承認老了。

兄弟姐妹中我排行最小，年輕的時候，一直希望快點兒
老。不要常給人看成不懂事的孩子。中學時，一位朋友，生
得俊俏，成績又好，十七、八歲，兩邊鬢腳已經微微轉白，
更有風采，贏得不少女孩子的傾心，因此我很羨慕白頭髮。
基督教《舊約聖經‧箴言》說：「白髮是榮耀的冠冕」，想像年
紀大了，滿頭銀白，莊嚴，慈祥。然而事與願違，過了五十
歲，雖然黑髮越來越少，不過只是落髮的結果，白髮也還
是寥寥可數——隨着年齡的增長，我並沒有換上了榮耀的冠
冕，反而幾乎成了無冕之人。

開始笑我頭髮稀少的是我的孩子。一次在飯店碰到一位
大學時的同學，他離開後，我感慨地說：「想不到二十年未
見，他竟然禿得這樣厲害。」孩子說：「爸爸，你也差不了多
少。」回家照照鏡子，前額不錯是寬廣了一點，但頂端還看
到烏油油的頭髮，以為孩子亂說話。

　　過了幾個月，母親九十壽宴，拍錄像帶。吃飯的時候，我坐在母親的對面。她是主角，正面鏡頭特別多，因此我背面也多次上了鏡，才知道原來從後面看去，頭頂已經是個地中海了，孩子說的半點不差，就跟那同學差不了多少，不過從前面看不到而已。

　　東坡說：「春江水暖鴨先知」，我以為：「人生老去髮先知。」慢慢發覺，理髮的次數沒有從前的頻密，從兩三周一次，銳減至六七周，每次的時間也從二、三十分鐘，減至十分鐘不到，剪下來的頭髮，往往不及洗頭時的落髮多。

　　不少人建議種種不同的生髮良方，最言之鑿鑿的是用貴價白蘭地按摩頭皮。我看這應該不大對，如果真箇有效，所有酒客豈不都胃生毛？雖然不甘心做個無冕之人，但我家的男丁，似乎都逃避不了這個命運，父親和兩位哥哥，五十以後都開始禿頭。落髮既是天意，違天必有大咎，還是認命，安安分分做個無冕之人吧。誰料得，過了耳順之年，頭髮竟然保存了半壁江山，不再脫落，但卻開始褪色。這十多年下來，雖然和想像中的銀白、慈祥有很大的距離，卻也斑斑白白，自覺另有一番「丰采」。前些日子朋友對我說：「你最近頭髮白了很多，看來有點蒼老，為甚麼不把頭髮染一染？」等待了這幾十年才能少少得償「換冕」之願，為甚麼要把頭髮染回黑色？去年和答朋友以「退休」為題的五律，其中後四句：「情閒書在手，客至酒盈盃。白首為冠冕，何愁鬢髮催？」就以此回答朋友的問題吧。

不知老

　　人總是怕老的。古之賢者談到老。不用「怕」字。孔子說：「不知老之將至。」陶淵明說：「我願不知老。」「不知老」也就是要避開老，覺得老不是好事。有人說這是自然不過的，老就是接近生命的終結，當然不是好事。然而上述兩位賢者對生死都看得很豁達，就以陶淵明為例吧，他說：「聊乘化以歸盡，樂乎天命復奚疑？！」（〈歸去來辭〉）；「既來孰不去，人理固有終」（〈五月旦作和戴主簿〉）；「應盡便須盡，無復獨多慮」（〈神釋〉）。顯然，他並不是害怕死亡的人，在當時風行追求不死神仙術的魏晉年間，他表示：「即事如已高，何必升華嵩」（〈和戴主簿〉），並不嚮往做個不死的神仙。他們「但願不知老」又是甚麼原因呢？

　　《老子‧五十五章》：「物壯則老」，〈三十三章〉：「柔弱勝剛強」。《老子》喜歡更動字詞的常用意義，正面的改成負面，負面的卻又給冠上正面的意思。牟宗三老師把這種手法稱為「詭辭為用」，「物壯則老」便是詭辭為用的好例子了。「壯」常用的意義是正面的：壯美、強健、雄偉，而「老」給人帶來的是負面的印象：衰敗、軟弱，但《老子》卻把老和壯

配搭一起，以壯來形容老。《老子・七十六章》：「人之生也柔弱，其死也堅強。萬物草木之生也柔脆，其死也枯槁。……是以兵強則滅；木強則折。」「強」和「壯」在《老子》是同義詞，強壯的相反是柔弱。從上述引文看來，「柔弱」指的是能伸能屈、應時而變的可塑性，像隨風搖曳的嫩木幼草；而「強壯」的意思卻是僵硬頑梗，如遇風便折的枯枝。「強」和「壯」，指的是失去了更新變化的活力。物壯則老，頑固僵化就是衰老的表徵，二三千年前的人已經看到了。心靈上的壯老，我看就是上述兩位古之賢者所不願意知道的。

十多二十年前，一位年青的朋友向我訴苦說，他的父親越來越固執，甚麼新鮮的事物都不肯嘗試。父親要到英國、美加探望住不同地方的子女、親朋，又想順道遊覽幾處名勝。朋友建議給他買一張環遊世界的機票，這樣便可以遊遍他要去的地方，如果臨時興致有變，還可以更改行程，甚或多遊幾處，算起來，比分段買票方便，而且便宜。可是老人家一聽到「環遊世界」四個字，便忙不迭地搖頭說：「我不要你們年青人環遊世界這些奢侈的新玩意，我只是要去那麼幾個地方，你就只替我買去那幾處地方的票！」

初聽到朋友的訴苦，也真是覺得他父親頑固。現在自己也老了，開始明白朋友父親的心態。人老了，對一切新鮮事物、思想都有點抗拒。這是很自然的。活了幾十年，思想、行事、生活，都有了一套習慣，要離開這個習慣了的模式，便有點手足無措，失去了安全感，擔心一旦發生了問題，不

曉得怎樣應付。特別是當我們感覺到自己的體能和智能都已經不如從前的敏捷、靈活。就以開車為例吧，從甲地到乙地，數十年來走的都是同一條路，有人告訴我們走另一條新路更快捷，沿途風景更美，如果上了年紀，視覺有點模糊，反應略感遲鈍，我們也會猶豫。老人的固執、保守，我認為（我已是老人，所以是自身經驗），往往是出於一種自衛性的恐懼，生怕應付不來新事物，容易出錯。問題是老了的人往往卻不肯承認這種拒抗是因為自己的懼怕、軟弱、僵化，反而堅持習慣了的一套是飽經時間考驗的金科玉律，不改變是成熟、穩重的表現，還勉強其他人服從。這樣的老便不再是個人的悲劇，更變成了老人周邊所有人的禍害。如果老的肯承認他們的怯懦，讓後輩帶領自己嘗新，年青的肯同情老年人的畏懼，幫助他們克服，不苛責他們的頑梗；代溝也許就會淺一點、窄一點，磨擦也該相應地減輕一點吧。

無樂自欣豫

多年前和小兒子去聽克里夫蘭交響樂團的演奏會，其中一個曲目是孟德爾頌的《仲夏夜之夢》的選曲。回家途中，孩子說那些選曲的演出是當晚節目中最精彩，他最喜歡的，問我觀感如何。我說：「很好。可是〈序曲〉和〈諧謔曲〉還可以更空靈、輕巧，像在奧地利某村莊吃到的奶油一樣。」孩子和我都喜歡吃奶油，一次旅遊奧地利，在維也納附近的小鎮吃到當地新鮮的奶油，才曉得以前吃到的都算不得數，入口的就只是香和味，半點實質都沒有。我告訴孩子，我要求那兩段選曲就是同一樣的空靈、輕巧。孩子聽了我的話，怔了半晌，說：「爸爸你太挑剔了，我很滿意他們的演出。品味高，要求高，往往叫自己失去不少的樂趣。」孩子的話引起我很大的感慨。

我愛上西洋古典音樂是初中時候開始的。上高中後，買了一個二手唱盤，接駁到家中的收音機上去。收音機沒有為唱機特設的聲道，聽唱片的時候就撥到一個沒有電台的頻率，但仍然不能避免不時受到其他電波的干擾。父母又不喜歡音樂，只好把聲量調到最低，伏在收音機旁邊來聽。就是

浩瀚澎湃的貝多芬第九交響曲，也只是像耳語一般的音量。所有名家名曲，都是這樣聽來的，然而就是這一切不理想的環境，卻都沒有減少音樂帶來的快樂。

一位教鋼琴的朋友，家裏有部不錯的音響器材，過百張唱片。他家在西區半山，我住在灣仔，一星期一兩次，便這樣坐電車，再往半山走一段路去聽音樂。無論甚麼樂曲，誰人演奏，都帶來極大的喜悅和興奮。裴遼士、西貝遼斯、巴托、史特拉文斯基、蕭斯塔維奇……就都是在他家第一次聽到的。那時我音樂知識貧乏幾近於零，朋友的音響器材比諸今日的都未入流，然而每一次聽，都有「耳」界頓開之感。我還清楚記得第一次聽到勃拉姆斯第一交響曲的第四樂章，法國號吹出那像彤雲乍破，驕陽重現，掃去一切陰霾的旋律樂句時所感到的欣喜；貝多芬《帝皇協奏曲》第三樂章開始時像「猶抱琵琶半遮面」的猶夷，忽然「銀瓶乍破水漿迸」的歡騰樂句帶來的興奮。真是「偶有所得，便欣然忘食」，甚至沒有甚麼大發現，也「無樂自欣豫」，覺得音樂世界實在豐富，實在奇妙。

今日，音樂知識、音響設備都勝於當年，收藏的唱片更較前多了四、五十倍，可是聽音樂的快樂往往不及過去的大。每個演奏都要在雞蛋裏挑骨頭：不是音色不夠渾厚，便是旋律失了神秘感，這裏太快，那裏又太慢，就像克里夫蘭樂團的演奏會，一流樂隊，一流演出，但《仲夏夜之夢》的〈序曲〉和〈諧謔曲〉還可以再輕靈一點。想到孩子滿臉高興，

一團興奮，因為我的話驟然冷卻，不禁無限愧悔。物質的加多，知識的增長，竟然叫自己丟掉了年青的好奇和驚艷，我老了！

欣賞周遭的美麗

頑梗、保守，固然是老了之後容易犯的過失，還好我們都知道這是不對的，然而一些老去的表現，我們往往不覺得是毛病，不覺得要留心避免。

隨着年紀的增長，我們對事物失去了年青時的好奇、興趣和欣賞。好像如果流露了驚喜和訝悅，便不夠莊重，表現一己的淺薄無知。凡事挑剔一下才能夠表現自己的品味高雅，經驗豐富：更奇、更好的都嘗過、見過。

我很喜歡大提琴手皮亞第哥爾斯基（Gregor Piatigorsky 1903–1976）所講有關他前輩，二十世紀，也許還是有史以來最偉大的提琴家卡薩爾斯（Pablo Casals 1876–1973）的故事：

> 經朋友介紹我和塞金（Rudolf Serkin，二十世紀名鋼琴家，1903–1991）一起去拜訪卡薩爾斯。那時我們都還年青，出道未久，望着這位享有國際盛名、嘴裏咬着煙斗、個子小小、牛山濯濯的音樂前輩，心裏都有點畏怯。可是他很熱情地接待我們，說他最喜歡跟年青的音樂家會面，隨手拿起放在他鋼琴上面的貝多

芬D大調大提琴和鋼琴的奏鳴曲，叫我和塞金奏給他聽聽。

塞金和我從未合作過，再加上在大師面前，我們兩人都緊張不得了，所以奏得很差，未奏完第一樂章便不得不終止了。然而卡薩爾斯卻很高興，鼓掌大叫：「Bravo!」

接下來，大師請我為他拉一段舒曼的大提琴協奏曲，然後，巴哈的大提琴獨奏組曲，無庸多說，我都拉得壞透了。我尷尬得要死，卡薩爾斯卻興奮得把我擁抱起來，頻頻說道：「太精彩了，實在太精彩了。」

回家途中我心裏納悶。我曉得我自己拉得很差，可是這位頂兒尖兒的大師竟然不住口地讚好，他的虛偽叫我不解、難過、憤怒。

多年以後，在巴黎我和他同場演出。演出後共用晚膳。飯後他邀請我到他旅店房間聊天直到夜深。我忍不住告訴他與他第一次見面後的感受。大師激動得拿起大提琴來，拉了一句我那天拉過的貝多芬奏鳴曲，問道：「你當時是不是用這種指法？是吧！我從未想過拉這一句可以用這樣的指法，實在妙極了，給我很大的啟發……。」接着他又舉了舒曼協奏曲，巴哈獨奏曲裏面的例，那天我怎樣拉，他全部記得一清二楚，並且指出他欣賞是哪些地方，最後他放下大提琴，說：「至於其他，讓那些只懂得如何數算別人錯處

的笨蛋去牢記吧。對我來說，只要有一樣好處，讓我能學到功課，欣賞到以前未留心的美妙，我便感激不盡了。」

人生的經驗應該幫助我們更懂得欣賞生命，到了老年，千萬不要變成只懂得投訴生活中的不如意，看不到事物任何的美麗。

一件小事

　　還是二、三十年前的事。一年暑假，乘開會之便到美國中部探望在那裏唸大學的大兒子。他的屋友卻克剛好回家度假三星期，我便住到孩子那裏。

　　一天清晨五點未到，忽然有人敲門。孩子起牀應門，問道：「找誰？」門外的人應了一聲也聽不清楚是甚麼，孩子便哦的一聲把大門打開，走進來一位，小說也有六呎三、四吋的彪形大漢。

　　大漢一坐下來便問卻克在不在家，知道卻克回家去了，對孩子說他深夜回家，房東不應門，在街上閒蕩了兩三個小時，累得很。想在這裏歇一歇。從他和孩子的對話，我斷定他們兩人並不是熟朋友，頂多見過幾次面。

　　孩子聽了他的話馬上把自己的牀讓了出來，拿着鋪蓋到客廳地上睡去。過了不到十五分鐘，大漢又走出房來，說不能入睡，想找人聊聊。我從旁觀察，覺得他不是喝醉了酒，便是服了藥，再不然就是精神有問題，非常擔心，怕他一時狂性大發，個子又這樣大，我和兒子兩人合力也不能把他制服。當下作了最壞的籌劃：慢慢把自己移近大門，準備一有

甚麼不對勁便奪門而逃，求救。

　　大漢和孩子聊了幾分鐘，問我們有沒有香煙，我們父子兩人都是不抽煙的，他説要到外邊買，也許半小時才再回來，便離開了。我捏了一把汗，門一關上，便責備孩子怎麼讓這樣一個人進來，到底是甚麼一回事。原來那人越戰時當過兵，退伍以後，精神恍惚，工作不能長久，妻子跟他離了婚。大半年前認識了卻克，卻克心地善良，常常耐心地聽他吐苦水，給他支持幫助。回家探親前，卻克吩咐孩子，要是這個人來訪，不要拒諸門外，因為他是個可憐人，需要別人的同情、關懷。可是直到那天的清早，他未再出現過。

　　我責怪孩子不小心，這個人有精神病，怎可以讓他隨便進到房子裏來。父子爭論了一段時間，孩子説：「爸爸，你老了。他是可憐人，也是我同屋的朋友。他既不酗酒，也不服藥。固然他精神有點問題，讓他進來可能有一丁點兒危險。可是我不能、也不該拒絕他，因為他再沒有朋友了，卻克和我這裏便是他覺得唯一願意接納他的地方。我願意冒這個小小的危險，要他明白世上有關心他、尊重他的人。」

　　孩子説得對。在「成熟」的幌子下，我失去了年青的理想、年青的熱切、年青的關懷；我，有關我自己的，變得越來越重要，他人也就越來越可忽視。我猛然省悟，我老了！

既壯周旋雜癡點

人年齒漸長，便逐漸失去了對人的坦率誠樸。凡事都向壞處想，對別人的說話行為都要揣測它們後面的意義，也不再敢向人說真話。一次幾位老同學閒談，說到舊同學見面嘻嘻哈哈，言不及義，沒有甚麼真誠。一位學長認為，這是難免的，存心害人，應該避免，但卻不能不提防別人害我，因此說話行事必須存有一種「自衛性的陰濕」。這個很難翻得傳神，新自創的廣東話詞彙實在可圈可點——「陰濕」不一定壞，只要不是攻擊性，而是自衛性的便可以了。他的話也許是對的，然而我雖然吃過不少虧，也常給人批評不懂世故，但我總希望自己能夠不在事前便推斷別人有壞的居心。我並非先覺的賢者，卻願意盡量守住「不逆詐，不億不信」的原則。不過，越老越覺得很難守得住了。

對我而言，老來最怕的便是失去了童真。龔定盦一首詩我十分喜歡：「少年哀樂過於人，歌泣無端字字真，既壯周旋雜癡點，童心來復夢中身。」年青的時候，對人對事都是真率的、誠樸的。慢慢，人變得奸狡了，虛偽了。我們美其名為成熟、世故、自衛性，其實是失去了天真，失去了童心。

　　回港工作三、四年，辦公室一位同事離職。我請她吃午飯。她說：「你剛來工作的時候，天真得很（我猜想她想要說的其實是『幼稚或戇居得很』），這兩年進步了很多。」她的確是有心稱讚我的，可是我為此悶悶不樂了好幾天，就是現在回想起來也還是有點悵然，因為這表示我是失了真，是雜點癡點了。我不覺得是一種進步。

　　生活中我們得明白過猶不及，要在事情的兩極：譬如工作和娛樂、吝嗇與揮霍之間取得平衡。怎樣在老成和童真之間持守中庸之道，我看是頂重要的。倘若我的智慧不足以幫助我在這兩者之間執中，我寧願做個老頑童，讓別人笑我「大唔透」，偏向童真。假如在世界中周旋到一個地步，只能在夢境中才可以重拾童年的欣豫、真樸，當童心只能來復夢中身的時候，我看就不如像《老子》所說：「是謂不道，不道早已」，不如早已了。

後院的三株樹

我後院有三株樹，都是我們夫婦兩人親手種的。

剛搬來這裏，房子是新的，後院只是一坪草地，沒有花，也沒有樹。入住不久，我們種了兩棵樹：一棵是桃金孃（Crape Myrtle），另一棵是木蘭（Magnolia）。兩株樹都種得很成功，桃金孃種了一年便已長高了差不多兩尺，秋天的時候開滿了淡紅的花朵，就像披上了一層晚霞也似的輕紗。木蘭（這裏的華人稱之為金玉滿堂，俗不可耐，實在侮辱了這樣素美的名花），雖然不怎樣長高，第一年也開了好幾朵大大的花，白得如初雪的皎潔，飄送出縷縷幽香，可是花齡很短，不過兩三天便萎謝了，但也因為這樣，更是叫人珍惜。

第一兩棵樹種得成功給我們很大的鼓勵，第二年我們便種第三株樹，也是桃金孃，只是另一品種。種了不過三個月左右，還只是夏末秋初，差不多所有葉子都枯掉了，還以為移植時傷了元氣，過一段日子，便會康復。到了第二年春天，樹發芽長葉了。可是到了晚春，葉子便開始出現斑點，逐漸枯槁了。到圖書館查閱有關園藝的書籍，按着書的指示買來農藥噴射，似乎有點兒好轉，不過保存下來的葉子還是

半死不活的樣子，看上去不很健康。

　　翌年，樹還未發芽長葉，便先給它噴上農藥，果然長出的葉子看上去很健康，可是不到三兩星期，同樣的病態出現，而且枝幹都轉成黑色，好像給煙薰焦了似的，不斷給它噴農藥，也無補於事。我們決定多給它一年時間，再沒有起色，便把它掘起丟掉。

　　冬天，我再到圖書館看有關的書籍，按其中一本的指示，春天未到，便一周一次給它澆上農藥，讓它的根把藥吸進樹幹的體內。春天到後，再每周給它噴藥兩次。這次效果大大不同，不單葉子長得茂盛，而且還長了不少新枝，樹的主幹，過去兩年沒有長高過，只兩個月便長了至少六七吋。現在已快仲夏了，枝葉都健康，從前變黑了的枝條，也開始轉回正常的顏色。

　　不少人說過，最孱弱多病、需要父母悉心照顧的孩子，往往是父母最疼惜的。頑劣的學生，痛改前非，業績猛進，也是老師最大的快樂。後院的三株手種的樹，我最喜歡的是給我們最多麻煩的第三株。

兔盟

我家後院剛搬進來時只是一坪草地，既沒有樹，也沒有花，而且鳥飛不下，除了地裏的昆蟲，沒有動物光顧。

種了花和樹以後，動物來了。蜂蝶且不用說，除蜂蝶外，首先來的是飛鳥。早上來一群，體型較大的，烏鴉、喜鵲居多，傍晚的另一群，體型較小，以麻雀為主。過了一年，我發現院子裏來了野兔。牠膽子很小，一聽到開後門的聲音，便一溜煙跑掉了。甚至隔着窗子望牠，只要有一些突然的動作，也會把牠嚇跑。

第二年，兔子的膽子大了，在花圃、樹蔭下覓食，就是人在園中，只要有十呎八呎距離，牠也不會像從前一樣地驚走了。我們從卡通片得來的知識，以為兔子喜歡吃紅蘿蔔，所以不時放些紅蘿蔔到外面去，牠碰也不碰。起初，我們怕牠嫌件頭大，特意把蘿蔔切成小塊，牠就是不吃。

我們花圃種了很多不同顏色的小花，紫色、黃色、紅色、橙色、白色都有。這裏俗稱為「鋪地花」或「地氈花」，因為它們長得不高，頂多五六吋，但長得很快，種了不多日子，便長得密密的，像是給地蓋上了一塊斑斕的氈子。一天

早上，我看到野兔在花圃的邊緣徘徊。那裏長了一列八九株的小黃花，牠像摘冕一樣，把每株頂上剛開出的花都吃掉，還好整以暇，用前肢洗洗臉，搔搔耳朵，才施施然而去。我看這不是牠的正餐，因為只那麼幾朵小花是難以充飢的，花圃裏有的是其他的花，牠卻不碰，只揀這幼嫩的來吃，應該是牠的點心零食。看來我家的野兔是只愛吃鮮花的老饕。

最近一個下午，我到花圃中用水管澆水。牠突然從花叢底下衝出來，離我不到五呎，瞪着我（我不敢說怒目相看，因為我分辨不來兔目光的感情），也沒有走開。原來牠在花叢底下扒了個淺坑，太陽猛烈的時候便躲在那裏睡午覺，我澆水把牠澆醒了。自此之後，我們有了默契，選早上或黃昏牠外出覓食的時候才澆水，免得騷擾牠休息。這幾天，我到園中剪花、除草，和牠近在咫尺也可以安然共處了，

辛棄疾有盟鷗詞。我且盜用其中數句，少改兩字，聊表心跡：「今日既盟之後，來往莫相猜。友兔在何處？嘗試與偕來。」

狗骨和雞翼

一直未有留心，前幾天上超市，才發現雞翼居然兩塊五毛一磅，和胸腿的價錢並駕齊驅，甚至超乎其上了。

上世紀六十年代初，我到北美升學，沒有住宿舍，自己在校外租了一個房間，當然自理膳食，不過房內有自己的冰箱，燒飯的爐，還算方便。

學期初，比我早到一兩年的中國同學告訴我，到市場買肉，可以問店家要一些「狗骨」（dog bone），不用錢的，雖然只是骨頭，用來熬湯，加上蔬菜，還是頂可口的，而且也很有營養。我依他的話去做，每次都拿到一、兩磅豬骨或牛骨。我當時不明白為甚麼叫狗骨，不過語文有時是無從解釋的，明明是麵包夾香腸，和狗風馬牛不相及，卻偏偏稱它為「熱狗」，那又怎樣解釋？幾個月後，一次，店家給我一片差不多一呎長的牛腿骨，我最大的鍋不過十吋，便對店主說：「麻煩你，可不可以給我把骨頭斬開兩截？」店家說：「沒問題，你家的狗可是小狗？」我才恍然大悟，為甚麼叫那些骨頭為「狗骨」，也不好意思回答店主的問題，只好支吾以對。到了第二年，再也拿不到「狗骨」了，那些免費的「狗骨」換

了另一個名稱：「湯骨」（soup bone）美元五仙一磅。現在半世紀過去了，一磅湯骨起碼要一塊美元以上了。

剛到美國的時候，美國人吃雞只喜歡腿和胸，雞翼骨多肉少，沒有幾個人愛吃，也就成了美國人的「雞肋」，往往兩三毛錢便買到一磅。就是本世紀初，就每磅的價錢而論，雞翼還是比整隻雞便宜得多，更遑論雞胸、雞腿了。

也不曉得是哪個生意人的好主意，近十多年鼓吹吃雞翼。廣告把雞翼宣傳為一面看足球、一面飲啤酒時的「良伴」，雞翼成了一時風尚，不只快餐店，意大利薄餅店都「單」上有名，更有雞翼專門店，甚至成了上市公司，最近股價更節節上升，雞翼也便身價十倍，「傲視全雞」了。

拿來餵狗的骨頭一文不值，把它稱為「湯骨」，身價便高了幾倍；當正餐食物，愛吃雞翼的不多，看球賽，喝啤酒，一「翼」在手，風行全國。世界上沒有甚麼不值錢的東西，只看你能不能找到它的用處。

分工

　　最近發現聲音聽得不大清楚。恰逢每三月一次的身體檢查（十多年前剛退休，是一年一次；後來半年一次，最近兩年三個月一次，真的不能不認老了），我請醫生順便一看，他說沒大礙，只是因為耳內有耳垢而已。我請他替我取出來。以前不用我要求，醫生都會順手取出耳垢，並且把耳朵清潔一下。可是這次他說：「陳先生。對不起。你要去見專耳科的醫生。」把我嚇了一跳，問道：「甚麼事這樣嚴重？」他笑說：「不，不嚴重，只是最近保險公司來信，其中一項警告：『不是耳科專科，不能替病人取耳（兒時，清除耳垢是叫「取耳」的）。』」今日，原來分工得這樣仔細。

　　我現居的房子購入時是新建成的，設有防盜系統。第一次測試，發現開了防盜系統，打開任何門窗，警鐘都「大鳴大放」，惟獨敞開正門，警鐘卻是噤若寒蟬。地產公司派人來檢查，他在大門口旁邊的牆挖了個約一平方尺的洞，指着裏面兩條電線說，線路都鋪好的了，只是工人忘記把這兩條電線接上，然後便準備離開。我說：「你不要把電線接上嗎？」他說：「對不起，這是電工的工作，我不能做。給人知道了，

工會投訴，可麻煩了。明天叫公司派個電工來吧。」

翌日，星期五早上，電工來了。花了大概五分鐘便把電線接好，防盜警鐘運作正常。他把工具放回工作箱，要離開了。我說：「這個洞不是要把它封好嗎？」「哦，這是木工的工作。我會請公司通知木工部門。」下午三、四點，另一個工人來了。他看了一眼那個一方尺的洞，說：「公司搞錯了，我是漆工。封好了洞，才輪到我加漆。我搖個電話，叫公司派個木工來吧。」公司說木工當天不能來，接下來的兩天是週末，要到星期一才可以來。結果，星期一上午，木工花了不到二十分鐘把洞封好；同日下午，漆工用了十分鐘漆上油漆。不超過四十五分鐘，在香港一個人便可以「搞掂」的工作，卻花了前後五天的時間完成。好可怕的分工。

黑色的星期五

在美國，每年十一月第四個星期四，政府定為感恩節，是國家的假日。感恩節翌日，星期五，是稱為黑色的星期五（Black Friday）。一年，感恩節的翌日是十一月二十五日，一位來美不久的朋友問我：「又不是十三號，為甚麼稱這個星期五為黑色呢？」

朋友的問題未始沒有原因。西方社會的迷信，星期五和十三都是不吉祥的，香港有些大廈是沒有十三樓的，這是崇尚洋迷信。（「十四」聽來似「實死」，不吉利，華洋平等，不能只崇洋，所以有些建築物也沒有十四樓。十二樓上一層就是十五樓，但這只是近半世紀的事。）十三日又逢星期五，那就是凶上加凶，極為不祥。而黑色往往代表壞的、不如意的情事，辦事不順遂，我們說：「頭頭碰着黑」，黑在一般人的心究竟代表甚麼，於茲可見。聽到「黑色星期五」，朋友馬上以為應該指的是十三號星期五，是自然的事。

其實黑色未必一定意味着甚麼壞或不祥。中國的傳統，黑也可以指好事。京劇的面譜便是個好例子了。黑代表公正不阿，包拯——人盡皆曉的包青天——便是黑臉的了。大家

都知道，商業機構的收支表，盈餘的數目是黑色的，虧蝕的金額卻是寫成紅色的，就是所謂赤字。生意人看到赤字，觸目驚心，都望轉虧為盈，收支表的顏色從紅色轉成黑色。黑色星期五的黑是商業上不虧蝕的黑，是好事。

　　美國的零售業，每年從一月到十月，都只是慘淡經營，收支如果能扯平，已是難能可貴。這十個月只有兩個大節日：七月四日的國慶和九月第一個周末的勞工節。傳統的慶祝國慶，是舉家戶外燒烤，晚上欣賞煙花；勞工節，是趁夏秋交接，天氣還未轉冷，出外旅行。兩個節日對零售業都沒有大幫助。十二月的聖誕節可便不同了。那是給孩子買禮物、親友相互交換禮品的日子。零售業一年的利潤就靠聖誕前一個月的衝刺，是零售業轉虧為盈的商機。所以感恩節翌日——也就是星期五，大大小小的零售商，各出奇招，提醒大家這是消費季節的開始，務求把顧客引進商店，使他們大解慳囊。因為這個星期五是零售業收支轉紅為黑的開始，故稱之為「黑色的星期五」。

藍月

不經常發生，很長時間內才偶爾出現一次，英文說："once in a blue moon"（偶然一次在藍月的時候）。月亮會是藍色的嗎？甚麼時候月亮會變藍？為甚麼會變藍？

雖然十分罕見，但當空氣充滿了特別體積，直徑約 0.7 微米（一微米等於千分之一的毫米）的微粒時，月亮是會呈現藍色的，這些特別體積的微粒，往往在火山灰裏找到。所以 1980 年美國西北華盛頓州聖海倫火山爆發後，附近地區就有人看到了藍色的月亮。不過 "once in a blue moon" 裏面的「藍月」卻是和月的顏色沒有關係的。

我在研究院唸書的時候問過一位美國同學「藍月」的意思。他說一個月內如果有兩次滿月，第二個滿月就稱為「藍月」。我國的曆法是陰曆，以月球繞地球一周為一個月（約 29.5 日），所以每月只會有一次滿月，絕對不會有兩次。西洋的曆法是陽曆，以地球繞太陽運行一周（約 365 日）為一年，一年有十二個月。而十二次滿月只需 354（29.5 x 12）日，比陽曆的一年少了約七日。這樣積聚下來，大概三年左右便會出現一年有十三次滿月的情況，也就是有一個月會有兩次滿

月。(譬如 2012 年的八月二日和三十一日都是滿月,三十一日的月亮美國的傳媒便稱為「藍月」。)當時聽後覺得很有趣,按這個解釋,中國曆法上不可能有「藍月」,所以我還把杜甫的名句:「露從今夜白,月是故鄉明」,戲改為:「露從今夜白,月只異鄉藍」。

最近又看到一篇解釋甚麼是「藍月」的文章,作者認為「藍月」不是一個月內第二次的滿月,而是一季之內,如果有四次滿月,第三次滿月叫「藍月」(一季約 90 日,三次滿月只需 88 日,較諸一季少約兩日。這樣累積起來,大概每十二、三季便有一季出現四次滿月的情況。)以一個月內的第二次滿月為「藍月」是誤會。誤會源起於二十世紀初,美國一個流行的科普電台節目接受了這個誤解,節目的聽眾很多,以訛傳訛,誤解反而成了正解。那篇文章列舉了很多有力的證據,我相信他的說法是對確的。但為甚麼稱第三次為「藍月」,而不是第一、二次,或最後一次呢?因為一季之內其他的滿月已有名稱:第一次稱「早月」,第二次「中月」,最後一次是「晚月」。只有第三次滿月未有名稱。按這個解釋,「藍月」也可以出現於中國的曆法,並不是「月只異鄉藍」了。

顏色

　　顏色的意義中外不同，紅，在中國，是喜慶的顏色，可是多年前到非洲旅行，在肯雅和當地導遊談起，他說在他們的社會，紅卻是殯喪的顏色。聽後我半信半疑，就在當天下午，遇到一隊出殯的行列，走在前面的靈柩車，車頭便捆了一條大紅布帶。中國喪禮的顏色是白色，嫁娶的場合，如果素車素服，廣東話說來真是「大吉利是」。可是歐美婚禮，新娘子都是白色的婚紗，新郎、伴郎也有穿白色「踢死兔」的，因為代表純潔。

　　藍色是甚麼意義呢？今日或許覺得藍色代表寧謐祥和，可是在京劇的臉譜，藍是表示桀驁不馴，又工心計，是正邪之間而更偏於邪的一類，並不十分正面。歐美對藍色的看法也不是十分正面的。港澳區以黃色代表色情，三級電影是黃色電影，色情書報是黃色刊物，但是港澳稱黃色，在歐美卻稱藍色，藍色電影（Blue movie）就是我們稱為黃色的色情電影。

　　除了「藍色電影」以外，還有所謂「藍色法律」（Blue laws），那是指傳統上留存下來的，一些古怪嚴苛，今日知道

的人已經不多，也絕對不會再執行，但因為因循怠惰，還一直留在那裏、沒有刪掉的法律。美國東北新英倫的幾州最多這些「藍法」，多是開國前或開國初期與清教徒信仰行為有關的。我還記得唸研究院時，「法律哲學」一科的教授提到過兩條：「在星期天不可親吻兒女、丈夫或妻子」（卻沒有提到是否可以和朋友、情夫、情婦接吻）；「在水底下不可接吻」（為甚麼單單提出水底下？為甚麼在水面、旱地或半空便可以？）同學又提到在加拿大西部某一州（忘記了是哪一州）的另一條「藍法」：「酒吧之內只能坐着喝酒，站起來喝，便是違法。」

前一篇文章裏面提過，一季如果有四次滿月，第三次的滿月英文稱之為「藍月」。一季有四次滿月不常見，「藍色法律」也不常有，這樣看來，藍色似乎表示與眾不同、不常見的特別吧。

健康、音樂、生命的色彩

最近在一個健康講座聽到一位中醫師說到營養:「蔬菜的顏色很重要。不同顏色的蔬果幫助不同的器官。紅色的補心,綠色的助肝,白色的潤肺,黑色的衛腎,黃色的健脾。所以紅提子、綠提子、黑提子,各各有不同的功效;綠豆粥、紅豆粥和眉豆湯所幫助的內臟都不一樣,不容混淆。」

中國傳統以五行配人體的五臟:心屬火,肝屬木,脾配土,肺配金,腎從水。火色紅,木色綠,土、金、水的顏色依次為黃、白、黑。上段所述中醫有關食物顏色和營養之說源出於此,已經有二千年的歷史,可不曉得有沒有科學實驗的根據。

十九世紀末,二十世紀初,俄國的作曲家亞歷山大·斯克爾亞里賓(Alexander Scriabin 1872–1915)相信樂音和顏色是有關係的。譬如 F 大調,就是地獄的血紅; F 小調,卻是理智的蔚藍; D 大調呢?陽光的金黃。他寫了題為〈普羅米修司:火的詩篇〉(Prometheus — The Poem of Fire)的一首交響詩,演奏的「樂器」包括一具他理想中的光琴——像鋼琴一樣有鍵盤,但按鍵的時候不是發聲,而是發光,不同的鍵,

發不同的光——配合樂隊其他的樂器一同演出。1911 年 3 月在莫斯科首演的時候，科技不能製作出這樣的光琴，所以聽眾只能聽其聲，卻未能辨其光。四年之後，1915 年在紐約首演，也只能做到，按光琴琴鍵的時候把顏色投射到聽眾前面的銀幕，和他心目中改變全音樂廳的燈光的效果有很大的距離。今日電腦時代，要一具斯克爾亞里賓心目中的光琴，奏出他希望的效果，應該是輕而易舉，然而今日的人對他顏色和音聲的理論只覺得詭異怪僻，再沒有興趣去一探其究竟了。

把色彩和其他東西配合，我覺得蠻有意思的是聞一多的一首小詩：

> 生命是張沒價值的白紙，自從綠給了我發展，紅給了
> 我情熱，
> 黃教我以忠義，藍教我以高潔，粉紅賜我以希望，
> 灰白贈我以悲哀，再完成這幀彩圖，黑還要加我以死。
> 從此以後，我便溺愛於我的生命，因為我愛他的色彩。

我們的生命可有這些繽紛的色彩？

二

消憂琴

幾張舊唱片

　　最近，天氣酷熱，太陽暴烈，只好躲在家中聽音樂。幾張買了三四十年的黑膠唱片勾起了不少回憶。

　　離港升學後第一個暑假，在多倫多當暑期工。離工作地點不遠有所唱片店。星期五拿到薪金（美加的周薪大多是在星期五發放的），回家前便到那裏逛逛，看看店內那十多箱廉價唱片，可有合心意的新貨。那裏很多常客，碰面多了，雖然沒通姓名，總會打個招呼，好像已經是熟朋友了。一天，一位常客給我介紹箱中一張唱片，曲目包括巴哈、海頓和貝多芬的作品，羅馬尼亞鋼琴家卡治（Mindru Katz）獨奏，說：「這是我最喜歡的唱片。特別是海頓的那首變奏曲，真是天使的音樂，現在只賣五毛九，一塊錢不到，千萬不要錯過。」我從未聽過卡治的名字，唱片上的曲目又都不熟悉，於是唯唯否否，沒有立刻把它買下來。接下去幾星期，每次經過那個箱子，那張唱片似乎都向我招手。暑假結束前，終於把它買了下來。這張PYE，CCL 30143，我所有唱片中最廉價的一張，便成了我最鍾愛的十來張唱片之一。那首海頓變奏曲，雖然不能算是海頓的佳作，卻為我帶來難以形容的安寧、舒

暢，的確是天使的音樂。

　　我很喜歡舒伯特的〈冬之旅〉。八十年代初，我被邀到維也納主持一個中國文化暑期班。在咖啡店偶然碰到一位在那裏唸聲樂的中國學生，談到〈冬之旅〉，他認為男高音安德爾士（Peter Anders）的錄音最好。我雖然從未聽過安德爾士的名字，分手後，還是趕忙到唱片店去找，好不容易才在一所偏僻的小店尋得，可是聽來卻覺得很平常。根據唱片上的資料，安德爾士是四十、五十年代德國出名的男高音，在1954年一次車禍中去世，才四十多歲。他一生錄過兩次〈冬之旅〉，我買到的是1948年的錄音，還有一個1945年在納粹統治下的柏林錄的，心想也許那才是那位朋友介紹的。可是1945的錄音找了好幾年都沒有找到。2000年左右，我在香港某報專欄談到這件事，大半年後報社轉來一位海外讀者的信，告訴我這個錄音已經出版了鐳射盤，還把出版公司和唱片編號寄來，結果透過郵政購得。這兩個同一歌手、不同時間的演繹，有很大的不同。最近翻出這兩張唱片重聽，想到在維也納那個夏天，和那從未謀面、與我有同好的樂迷讀者的厚意，在音樂以外給我帶來了不少的欣悅。

菲舍爾—迪斯考

迪特里希・菲舍爾—迪斯考（Dietrich Fischer-Dieskau 1925–2012，以下簡稱迪斯考）逝世了。他是上世紀一位出類拔萃的男中音，歌劇裏面所有男中音的重要角色，他差不多全都唱過，雖然他的聲音不大適合意大利歌劇的風格，他在其中的演唱都是一流，從不令人失望。德國歌劇中的角色，他的演繹往往更是典範了。他最大的成就，是演唱德國，特別是舒伯特的藝術歌曲（Lied），他的演繹，同代之人固然難有出其右者，就是在將來，也可以斷言，不會有幾個人可以和他並肩的了。藝術歌曲本不是容易欣賞的樂類，今日在古典樂迷中的流行和地位，迪斯考出色的演繹，和孜孜不倦的推廣，應居首功。我對藝術歌曲的着迷，就是因為他的錄音。我喜歡、敬佩的演奏家很多，但只有對迪斯考有一份特別的感情，他的辭世給我帶來難以名狀的依依、悵惘。

大學一年級時，在朋友家中第一次聽到舒伯特的〈冬之旅〉，唱片封面是一幀鉛筆畫：滿天飛雪中一個踽踽獨行者。唱的是一位男低音，我深深地被攪動。那時我們學校有個午間音樂欣賞會，唱片都是向外借來的，負責人之一是我的好

朋友，我告訴他我聽〈冬之旅〉的感受。過了幾天，他不知從哪裏借來了一套，是迪斯考演唱的。除了在午間欣賞會播了又播，私底下，整整兩星期的課餘時間，我們都在聽這套迪斯考唱的〈冬之旅〉。我現在藏有超過八十個〈冬之旅〉的錄音，就是迪斯考主唱的也有九個，這個大學時接觸到的迪斯考錄音，不是最好的，但我對它卻特別有感情，格外鍾愛。

透過〈冬之旅〉、迪斯考，我漸漸迷上了德國藝術歌曲，購得的錄音都是迪斯考主唱的居多，因為當時灌錄藝術歌曲的，沒有幾個男歌手，他的演繹又的確不凡。舒伯特的〈魔王〉，曲中不同的角色：敍述者，父親、孩子、魔王，各各不同，他都唱得絲絲入扣。他唱的〈美麗的磨坊女郎〉，第十一首：〈我的！Mein!〉主角宣告女郎已經接受了他的愛，高呼：「可愛的磨坊女郎是我的，我的！」那種湧溢的歡欣，在其他歌手的演繹中，從未聽到過。

臺風

　　迪斯考，我一直無緣聽過他真人的演唱。二十多年前到慕尼黑開會，恰巧該周末他在那裏開獨唱會，曲目是舒伯特的《美麗的磨坊女郎》。到票房一問，票大半年前已賣光了。我心有不甘，音樂會前跑到音樂廳碰碰運氣，結果給我弄到一張座位不太好的黃牛票，總算可以一睹迪斯考的風采。

　　《磨坊女郎》共二十首歌曲，節目表注明，待得全套唱畢方可鼓掌，歌與歌之間須保持安靜。迪斯考用他的歌聲帶着聽眾經歷主角和女郎的邂逅、相戀，後來女郎移情別戀，他傷心投河，超過一小時，聽眾和曲中人憂喜與共，最後一曲〈小溪的安眠曲〉結束，東廂西座悄無言，簡直不知身在何處，待得迪斯考鞠躬致意，然後陡然間掌聲雷動。他當晚謝幕何止十次，我看不到一個聽眾離座。組曲的演唱，一般都不會有「安歌」的，聽眾的熱情是由衷的感動。一流歌藝，過人臺風。

　　甚麼是臺風？有些人，就只他一個在臺上，也沒有人注意；有些人和一大堆人一起在臺上，別人只看到他，看不見其他的人。有些演奏者演奏了好幾分鐘，臺下的聽眾還是

在交頭接耳，置若罔聞；有些，一登臺，就只目光向聽眾一掃，霎時間，鴉雀無聲。頂兒尖兒的演奏家，就是替樂器調音，轉軸撥絃三兩聲，已經懾住了聽者的魂魄。這就是臺風，很難解釋得明白清楚的。

迪斯考過了六十五歲的時候和名鋼琴家裴拉雅（Murray Perahia）合作為〈冬之旅〉灌了一個新錄音，給《留聲機》雜誌某樂評人罵得體無完膚，認為他如此高齡，不自量力，新錄音一無是處，有損他的令譽。我恰恰有這個錄音的光盤（粵稱影碟），並不覺得演繹如此糟糕。年近七十，聲音自然無復當年的清晰嘹亮，但別有韻味，依然攬人懷抱。一個月後，在新一期的《留聲機》，同一評者，罕有地公開推翻他月前的看法，認為這個錄音，雖然不是上上之選，但廁身中上之列，卻是綽綽有餘。甚麼令他改觀？這是他對光盤的評價，因為他「看」到，不單單聽到了這個演奏。迪斯考的臺風居然把演繹從下品，提升到中上。

迪斯考本年五月十八日辭世。西方習慣，名演藝家的殯喪，群眾當是他最後的謝幕，鼓掌相送。在這裏，我心中默默鼓掌，靜喊：「Bravo」和這位帶給了我過千小時美麗時光的傑出樂人告別。

好花綠葉

　　看球賽，我們注意力大多集中在球上（很合理，我們不是在看「球」賽嗎？），往往忽略了沒有球在手（或腳）的球員。然而，沒有球的球員的表現，往往很精彩，甚至是決定勝負的關鍵。就如美式足球，進攻時，保護持球者，替他開路的隊友，都是沒有球在手的。籃球也是一樣，上世紀紐約尼克隊的前鋒白列特尼（Bill Bradley）有球評人譽之為沒有球在手的最佳球員，因為他的站位，走位不知阻礙了多少對方的進攻，為隊友製造了多少機會。但欣賞到他們表現的球迷便不太多了。一般沒有經驗的觀眾往往都看不到他們的好處。牡丹雖好，也需綠葉扶持，可是欣賞綠葉卻是需要慧眼，需要教育的。

　　不少人認為，在演唱會中，唱的是主角，彈鋼琴的是伴奏。節目單上唱者的名字放在中間，字體很大，很「搶眼」；而鋼琴伴奏的名字，不是付諸闕如，就是放在角落，小小字體，寒酸侷促。其實，西洋藝術歌曲的人聲部分和器（通常是鋼琴）樂部分同樣重要，不能說誰是主，誰是伴。如果說器樂部分是伴，也是不能或缺，沒有了便叫花容失色的綠

葉。可是，這個誤解、偏見，卻是根深柢固。其實，聽歌的時候以為鋼琴部分只是伴，只是陪襯，沒有用心去聽，那便損失了作曲家要我們欣賞的一半音樂了。一個流傳的故事，最可以代表這種態度：「一位名歌手，演唱會後稱讚他的伴奏：『今天你的表現非常好，我完全聽你不到。』」據說，一位名女高音經常要求伴奏者刪掉歌曲結束前只有鋼琴音樂的一段，免得妨礙了聽眾的鼓掌。

　　2006 年《留聲機》雜誌邀請以伴奏為業的鋼琴手推選歷史上最優秀的伴奏家摩爾（Gerald Moore 1899–1987），和英國二十世紀名作曲家畢烈頓（Benjamin Britten 1913–1976）同列首位。摩爾不遺餘力地糾正對伴奏的誤解，幫助我們欣賞伴奏藝術的重要和精彩。他說在他的生命中，也不知多少次聽到別人問：「你甚麼時候才不再伴奏，當個獨奏者？」好像伴奏只是個次等職業，所以他稱自己是個「無愧的伴奏者」。摩爾並不只是為他的職業辯護，也是在教導我們怎樣欣賞藝術歌曲。

無愧的伴奏者

鋼琴家摩爾（Gerald Moore）放棄了獨奏演出，以伴奏為專業，稱自己為「無愧的伴奏者」，他認為伴奏音樂非常重要，必須留心聽，才能享受整首歌曲的全部精彩。舒伯特的〈魔王〉（Erlkönig）就是顯著的例子了。

〈魔王〉是歌德的一首小詩：一位父親抱着生病的兒子在黑夜策馬狂馳，回家就醫。孩子在父親懷中聽到魔王，也就是死神的呼喚、恐嚇，驚惶求助。父親不斷地安慰他說一切都只是幻覺。到他們終於返抵家門，孩子在父親懷中已經死了。舒伯特為詩內不同的角色：父親、魔王、小孩，寫上不同的音樂，讓歌者充分表現他的技巧，他同時也為鋼琴準備了重要的任務：直到音樂最後的三小節——父子回到家門那一刻，鋼琴沒有間斷地奏出奔馬的沓沓蹄聲，夾雜着孩子偶爾驚惶的戰慄。黑夜的恐怖，飛馳的奔馬，心焦如焚的父親，命懸一線的孩子，分秒必爭的緊急，全都在這些節奏迫速強烈的琴音中呈現，唱者敍述故事，而鋼琴卻栩栩如生地描畫了故事發生的場景。

舒伯特另一名曲〈紡車旁的格麗珍〉（Gretchen am

Spinnrade），詩出自《浮士德與魔鬼》。純樸的少女格麗珍
受到了得魔鬼協助的浮士德誘惑，在紡車旁，念念不忘浮士
德，唱出她的心事：「我心緒不寧，心事重重，無法平靜，如
果失去了他，我怎能活下去？……」鋼琴音樂奏出搖動紡織
機的節奏，開始的時候是安靜平穩，可是隨着格麗珍感情的
變化，紡車節奏雖然沒有變，但機聲不再平靜，時而亢奮激
揚，時而抑鬱躊躇，清楚刻畫出她起伏不寧、難以專心紡織
的情緒。她越唱越激動、興奮，直唱到全曲的高潮：「他（浮
士德）的眼神，他的談吐。他的擁抱！他的親吻！！」琴聲戛
然而止……，就像她突然停了紡車，雙手捧着發紅的臉，按
着狂跳的心，沉溺在那叫她手足無措的回憶中。然後，琴聲
再起，開始時紡車安靜平穩的旋律，斷斷續續地停了幾次，
才能繼續下去。就像她勉強地從夢中把自己抽回現實，再嘗
試搖動她的紡織機。歌者唱出格麗珍的心事，鋼琴描繪出她
的神態，人聲琴聲，相輔相成，缺一不可。

貝多芬的絃樂四重奏

　　談到西方的室樂，多以絃樂四重奏為代表；談到絃樂四重奏，雖然海頓是這種樂類的奠基者，但必須提到的卻是貝多芬。貝多芬在絃樂四重奏的地位有似莎士比亞在英國戲劇，莫奈（Claude Monet）在印象派繪畫，杜甫在我國的律詩一樣，作品不只叫人賞心悅意，而且境界寥廓，波瀾壯闊，得到世人的尊重是實至名歸的。他的晚期四重奏更是如此。

　　貝多芬一共寫了十六首絃樂四重奏。第十三首 opus 130 原來最後的樂章，篇幅很長，比較晦澀難明，首演後，貝多芬接受時人的批評、建議（那是他從未試過的，也是只此一次），為樂曲寫了另一個新的最後樂章，把舊的稱為〈大賦格曲〉（Grosse Fuge）opus 133，獨立刊行，如果把這個算進去，便共寫了十七首。晚期四重奏是他生命中最後完成的作品，指的是第十二首 opus 127 到第十六首 opus 135 五首，再加上〈大賦格曲〉。貝多芬當時大享盛名，確知在音樂史上穩佔一席位，在這些晚作中，也就沒有其他的顧慮，只是致力追求自己的音樂理想，無論形式、結構、組織、理念，都有獨特的創意，為識者帶來意外的驚喜，讓他們聽到音樂發展上豐

富的可能性，展示走向未來的嶄新路向，所以在西洋音樂史上，這些作品佔崇高的地位，被樂人視為無盡的寶庫、神聖的殿堂。然而正正因為這個緣故，使人（尤其是剛剛愛聽音樂的人）懾於它的「偉大」，在它之前，趑趄卻步。

最近和朋友談起聽音樂，他說他「不敢」（這是他用的詞）試聽貝多芬的晚期四重奏，因為樂評人都說很高深，不是一般人可以明白的。我說：「放心，除了〈大賦格曲〉外，貝多芬其他的晚期四重奏都得到時人的欣賞。不錯，對音樂造詣深的人，作品充滿了意料之外的變化，叫人覺得深邃難測，我們一般樂迷，未必能明白，可是我們仍然可以感到旋律優美動人，繞樑三日，不必因它的博大精深，未能盡賞其妙，在它之前便自慚形穢。試聽聽第十五首的第三『感恩』樂章，管它有甚麼樂理上的突破、啟示，敞開你的心門，盡情享受你可以享受的吧。」

《我的九條生命》

　　最近讀畢音樂家李安 · 費利舒爾（Leon Fleisher）的回憶錄：《我的九條生命：不同音樂生涯的回憶》（*My Nine Lives: A Memoir of Many Careers in Music*）。費利舒爾是美國著名的鋼琴家，他五十年代末葉灌錄的勃拉姆斯D小調第一鋼琴協奏曲剛出版時，大西洋兩岸詡為首屈一指的演繹。五十年後，其間名錄音迭出，如：寇真（Clifford Curzon）、基萊斯（Emil Gilels）、費爾（Nelson Freire）……等等，都曾各領風騷，可是在我，還有其他不少樂迷的心中，費利舒爾的演出仍然是演奏這首名曲的楷模。馬友友在一個公開場合，便提到這個演奏給他所帶來醍醐灌頂般的震撼了。

　　不幸在六十年代的下半葉，正值盛年，演奏事業蒸蒸日上之際，他右手的無名指和尾指忽然同時痙攣癱瘓，緊貼掌心，不能屈伸自如。他遍訪名醫，試盡各種東西不同的治療方法：藥物、針灸、催眠、瑜珈……等等，都沒有功效。雖然受了這個打擊，他沒有放棄音樂生涯。除了繼續演奏專為左手而寫的鋼琴音樂外，更致力於指揮和音樂教育。他 1968 年創立的〈劇院室樂團〉（Theater Chamber Players）今日是美

國首府華盛頓著名的樂團，不只為樂迷帶來高水準的演奏，同時向大眾介紹了許多當代歐美著名作家的新作。他的學生包括不少有數的鋼琴家，如：瓦特司（Andre Watts），他很少灌唱片，認識他的樂迷不多，卻是極受知音者推崇的鋼琴家；羅蒂（Louis Lortie），他最近錄了全套李斯特的〈巡禮之年報〉（Annees de pelerinage），有推為紀念李斯特出生二百周年的最佳唱片；鮑朗夫曼（Yefim Bronfman），他演奏貝多芬五首鋼琴協奏曲，和浦羅菲科夫（Prokofiev）的九首奏鳴曲的錄音，得到不少樂評人的稱讚；最後要提一位，可能大家尚未聽過他的名字——比斯（Johnathan Biss），他剛露頭角，我預測他將來必成大器。他這些徒生都見證了他教授徒眾的成功。怪不得他說，他右手的病，實在是個祝福，否則他便只是位鋼琴家，沒有今日在音樂上多方面的成就和深廣的影響了。

　　九十年代末葉，隨着醫學的進步，雖然未能治本，在藥物的幫助下，費利舒爾終於可以恢復雙手演奏，2004 年，他灌了一張獨奏的唱片：「雙手」（Two Hands），是三十六年來的第一次，深得樂界好評。2007 年，更獲得美國演藝界的殊榮：「甘迺迪中心榮譽獎」。這本回憶錄便是記述他音樂生涯中的奮鬥、經驗和心得，值得一讀。

給左手演出的鋼琴曲

　　費利舒爾因為怪病，右手的無名指和尾指，捲曲掌心，不能自由伸展，三十多年只能彈奏專為左手而寫的鋼琴曲。幸好西洋音樂裏面有不少為左手而寫的鋼琴曲，獨奏的和樂隊合奏的都有，不用擔心缺乏演奏的資料。

　　寫給左手演奏的鋼琴曲十之八九都是為個別不能運用右手的鋼琴家而寫的。最為人熟悉的左手鋼琴協奏曲是法國作家拉維爾（Maurice Ravel 1875–1937）為二十世紀初奧地利鋼琴家保羅．韋根司坦（Paul Wittgenstein 1887–1961）作的。韋根司坦系出名門，家庭富有，父親是工業鉅子，弟弟路易（Ludwig 1889–1951）是名哲學家。著名的音樂家如：勃拉姆斯、理察．史特勞斯、馬勒，都和他家有交往，他是位優秀的鋼琴家，第一次世界大戰時被徵召服兵役，右臂受傷被切除。他不肯放棄演奏生涯，運用家庭的資財，延聘當時的名作曲家為他撰寫只給左手彈奏的鋼琴曲，在他一生中，合共有四十餘首，今日我們知道的左手鋼琴協奏曲，為他而寫的超過半數。其他不是為他寫的左手作品，多是為斷了或瘸了右手的演奏者寫的。比較出名的有：雅納切克（Leos

Janacek 1854-1928）的左手鋼琴和不同的幾件銅管樂器的隨
想曲，是為另一位在第一次大戰失去右手的鋼琴家賀爾曼
（Otakar Hollmann）而作的；英國作曲家巴克斯（Arnold Bax
1883-1953）的左手協奏曲，是為了他的情婦高荷茵（Harriet
Cohen）因病在一段時期不能運用右手而作的。

　　韋根司坦的品味相當保守。雖然為他寫的左手鋼琴協奏
曲有四十多首，但不少他卻棄而不用，一次都未演出過，就
是拉維爾的一首，他都有很多的不滿。他喜歡的幾個作品，
都屬浪漫主義後期，音色繁富，感情外露。各人喜好不同，
不應隨意菲薄，可是韋根司坦的確有值得詬病之處。他不喜
歡的作品，他不演奏，也不公開樂譜，甚至把樂譜丟失了，
還是不讓別人演奏。最近，憑專家從不同的來源東拼西湊，
亨特密（Paul Hindemith 1895-1863）給他寫的協奏曲才得重
見天日，便是一例。是他付錢請人寫的，版權屬他，也沒奈
他何。然而，從音樂立場，因為一己的品味，而令不少名曲
不見天日，這些自私的行徑，實在叫人難以原諒。

給右手演出的鋼琴曲

　　西洋音樂裏面為左手而寫的鋼琴曲不少，奇怪得很，為右手而寫的卻鮮有聽聞，我一時間就是連一首也都未能想到。到網上一查，有還是有的，但都不著名。難道歷史上沒有瘸了左手、只能用右手的鋼琴家？細想一下，為左手寫的鋼琴曲比為右手寫的多，其實不難解釋。

　　瘸了一隻手的鋼琴家能夠面對沉重的打擊，堅毅不屈，克服身體的缺陷，演奏事業有成，自然備受尊敬，不少作曲家願意為他寫曲。然而今日見到，專為左手的鋼琴作品，接近半數都是為保羅・韋根司坦一人而寫的，因為他除了琴藝和毅力，還出身富有，可以延聘名家為他撰曲。所以為左手寫的鋼琴曲多，並不一定是因為失去右手的人比失去左手的人多，只是因為出現了一位特別（技藝超卓或家境富有）的左手演奏家，便產生了這樣的結果。我們千萬不要小看個人對文化、社會或歷史所可以帶來的影響。

　　不過，鋼琴家的右手又的確較左手容易受傷。韋根司坦和賀爾曼是在戰亂中喪失了右手的。這些不測的橫禍，發生在左手或右手是機會均等的。可是很多右手不能演奏的人不

是因為橫禍，而是因為生病，右手某幾隻手指失去控制，不能運用自如，費利舒爾右手無名指和尾指，捲曲掌心，不能自由伸展，便是個好例子了。患上類似這樣怪病的鋼琴家不少。名鋼琴家貝利雅（Murray Perahia）大概十年前就因為右手拇指不能如前的靈活，停止演奏了好一陣子，幸好終能治癒。另一位名鋼琴家加拉夫曼（Gary Graffman）便沒有他的幸運，七十年代右手無名指出了毛病，始終不能康復。鋼琴曲的旋律多半是由右手奏出，左手一般只是負責和聲部分。旋律可以很快速、很複雜，所以鋼琴演奏對右手有很高、有時不十分自然的要求。為了追求完美的技巧，不少演奏家拼命練習，更加增添了右手的操勞。久而久之，就會有不支的現象了，這和棒球投手，手肘往往患上風濕，同一道理。歷史上右手發生問題的鋼琴家並不鮮見，就是這個原因了。不過很多時候，稍事休息便又復原，只是嚴重的，才一生不能再用右手演出。

不看樂譜？

　　今日的音樂會，個人獨奏不用說了，就是和樂團合奏協奏曲，獨奏者演奏時大都是不看樂譜的。如果奏者還用樂譜，大部分聽眾心裏都會有點疙瘩，對奏者稍稍失掉了一些尊重，覺得奏者還需要樂譜幫助，定是未曾準備得好，有點兒草率不負責任。可是，一百年前，一般人卻不是這樣想的。

　　獨奏的時候，憑記憶，不用樂譜，是由十九世紀女鋼琴家舒曼夫人——克拉蘿（Clara Schumann 1819–1896）開始的。對西方音樂有興趣的讀者大抵都知道作曲家羅拔·舒曼（Robert Schumann 1810–1856），便是她的丈夫。克拉蘿是羅拔鋼琴老師魏域赫（Johann Gottlob Friedrich Weick 1785–1873）的女兒。少有天資，魏域赫對她期望甚高，認為羅拔配不起克拉蘿，對二人的相戀，非常反對，處處阻撓。克拉蘿十八歲，羅拔向她求婚，她雖然答應，但魏域赫堅決不允准，當時法律，女子二十一歲前，結婚需得家長同意，為此事鬧得法庭相見。他們這段戀愛史在當時的樂壇是相當哄動的。兩人結婚後，克拉蘿為了料理子女，演奏事業未免受到一點的阻礙，可是結婚不到十年，羅拔便患上精神病，

未到五十歲便逝世。為了養家，克拉蘿不得不以演奏為生，十九世紀下半葉，舒曼夫人是數一數二，響噹噹，和李斯特（Franz Liszt 1811–1886）分庭抗禮的鋼琴名家，而她的演奏便是不看譜，全憑記憶，音樂史家認為她這樣做，是有史以來的第一人。

　　十九世紀的四、五十年代，獨奏時候不看譜，往往被視為傲慢、自大，對作曲者不尊重。當時便有一位樂評人批評克拉蘿，說她是他所見過的鋼琴家裏面，最傲慢，叫人難以忍受的一個，「她當自己是甚麼大家？演奏的時候前面居然不放樂譜。她把作曲者置於何地！其他的演奏家都是恭敬地把音樂放在正前方的。」社會的風氣，一般的所謂良好習慣，可真變得快啊！這些變化，是沒有甚麼理由的。演奏的時候，要不要有樂譜放在前面，固然沒有對錯可言，也沒有優劣之分，然而不少人卻執着這些小節妄論奏者的好壞，實在十分幼稚可笑。

翻琴譜

　　演奏時不看樂譜，以獨奏居多，和樂隊合奏協奏曲是個灰色地帶，今日一般的獨奏，還有用譜的，不過數目比不用譜的少。至於室樂，那卻差不多全都用譜。演奏時用譜也就需要一個翻樂譜的人了。別以為翻樂譜很簡單，也還是有點工夫的。朋友給我電郵，說到最近聽的一場室樂音樂會，彈鋼琴的和翻琴譜的欠缺默契，令演出大受影響。後來兩人更在臺上發生齟齬，聽眾都看得很清楚，把整個演奏會的氣氛都破壞了。

　　翻琴譜第一項要留心的是：甚麼時候翻？翻得太早，前頁最後的三四節音樂，奏者便看不到；翻得太晚，卻是後頁開始的兩三小節看不到了。所以翻琴譜的不只是懂得看譜便勝任愉快，他還需要對作品有點認識，大約曉得後面一頁的音樂是怎樣的，也需要略懂彈奏，明白樂段的難易。前頁的音樂難，遲翻一點，後頁的難，早翻一點。前頁結束的幾節變化小，早翻一點，後頁開始時一仍前頁舊貫，遲翻一點也沒有問題。有人以為由奏者示意，譬如點點頭，然後才翻，不是解決問題了麼。可是不少演奏者演奏的時候搖頭擺腦，

翻譜的人很可能誤會。再者,翻譜者的注意力應該在樂譜,
抑在奏者也是個問題。

　　其次,怎樣翻也有講究。翻譜的時候千萬不能和奏者
碰撞,這是盡人皆懂的道理。我聽過有人批評翻譜的每次都
站起來,像是故意引人注意。這可真冤枉。如果翻譜的坐着
翻,他的手臂和奏者碰撞的機會便大了。所以站起來翻是正
確的。不只要站起來,手臂還要抬得高高的,拈着要翻那頁
的右上角翻。這樣翻的時候才不會擋住奏者的視線,看不到
新一頁開始的幾節音樂。

　　還有一點,翻譜的要專心「翻」,我聽過有人自告奮勇翻
譜,因為他想聽一場免費音樂會。翻譜人如果以聽演奏為目
的,陶醉於演出的音樂,往往便忘了他的責任,那可糟糕了。

打字機

前些日子美國國家廣播公司晚間電視新聞報道，位於印度，世界最後一所製造打字機的公司宣佈結業。雖然翌日更正，可能尚有一兩所小公司仍然繼續生產打字機，不過總體而言，打字機的時代，因為電腦的普及已經結束了。歲月不留人，趕不上時代的物和人總是要被淘汰的。

唸高中的時候，理組的同學人手一把「計數尺」。複雜的，數百元一把（那是半個世紀以前的事，當時的一百元抵得今日的一千元以上），還要修好幾小時的課才可以學會怎樣使用。小型電算機的出現，整個「計數尺」的行業便都垮了。今日，問問年青的學生，有幾個曉得甚麼是「計數尺」？要找一把來看看，恐怕得到博物館才可以找到。

電腦淘汰了打字機是理所當然的。電腦最方便的地方是改錯，不是改一兩個錯字，那和打字機之間的差別可不太大，而是整段文字的增刪、挪移、訂正。從前寫了篇四十頁的文章，重讀時覺得要增刪其中一兩段，如果要改動的地方在文章近結束處，譬如第三十六頁，猶自可，只需重打最後的四、五頁；要是在近開首處，譬如第一、二頁，那就差不

多要整篇重新再打一次，很費時間。不少時候，因為懶，或者趕交稿，也就姑且過去，不加改動了。用電腦，就是改個天翻地覆，乾坤大挪移，也只不過是多按一兩個鍵的工夫，再沒有姑且的藉口了。

開始改用電腦打字的時候不習慣，有些懷念那「的的得得」的聲音，和到了一行盡頭，「叮」的那一響清脆的鈴聲。有人會說，這些噪音又怎樣值得懷念？美國作曲家安德遜（Leroy Anderson 1908–1975）有一首題為〈打字機〉（Typewriter）兩分鐘左右的短曲，樂曲的主奏樂器是一具打字機，獨奏人是一名打字員，你找來聽聽，便明白打字的聲音不是噪音，可以是很有韻味的樂音。

十多二十年前到地中海旅行，在島國馬爾他（Malta）的首都瓦萊塔（Valletta）發現了一所小小的、號稱世上唯一的打字機博物館，裏面收藏了從古到今不同的百多具形形色色的打字機，很有趣味。在打字機已成絕響的今日，就更值得參觀了。

非樂器的音樂

　　像美國作曲家安德遜（Leroy Anderson）的短曲〈打字機〉（Typewriter），以非樂器入樂的西洋音樂作品雖然不多，但還是有的。我手邊有一張購於三四十年前，題為《玩具交響曲和其他遊戲之作》的唱片。提到玩具交響曲，一般人都會想到，一度被認為莫札特所寫的那一首。（現在學者已證明作者雖然是莫札特，但卻不是著名的沃爾夫岡 [Wolfgang]，而是他父親李奧波特 [Leopold]。）可是這張唱片卻沒有收入這首樂曲，而是其他作家的作品。

　　玩具交響曲，顧名思義，用上了不少玩具樂器：玩具喇叭、玩具鼓、發出像布穀鳥聲音的笛子、掛在雪橇上的小鈴等等。這些雖然不是普通管絃樂團的樂器，但嚴格而言也不能說是非樂器。不過唱片裏面錄有一首，法籍作曲家亨利‧京令格（Henri Kling 1842–1918）的〈廚房交響曲〉（Kitchen Symphony），當中所用的「樂器」包括了：酒杯、玻璃瓶、平底鍋等等廚房用品，就真與上述的〈打字機〉一樣，是不折不扣的非樂器音樂了。另外英人馬爾康‧亞諾（Malcolm Arnold 1921–2006），電影《桂河橋》配樂的作者，在 1956 年寫了一

首〈大大型節日序曲〉（A Grand Grand Festival Overture），裏面的主奏樂器包括三部吸塵機、一部地板打蠟機，也是非樂器音樂中有異趣的作品。不過這類的作品，多是遊戲之作，很少在普通的音樂會節目中出現。不過如果妥善安排，會為音樂會帶來意外的情趣。

　　比較嚴肅的非樂器音樂往往是包含有鳥獸的音聲。最著名的應推美國作曲家霍夫哈奈斯（Alan Hovhaness 1911-2000）在 1970 年寫的〈神創造了偉大的鯨魚〉（And God Created Great Whales）。這首不到十五分鐘的交響曲裏面包括一大段座頭鯨（humpback whale）彼此呼應的錄音，有人認為這只是作者的噱頭，然而樂曲在上世紀七八十年代卻是十分流行，護鯨人士因為它惹起群眾對鯨魚的好奇和好感，幾乎把它奉為他們的戰歌。平心而論，鯨嘯以外，音樂寫得浩瀚澎湃，流行並不只是單靠噱頭的。

　　我覺得最有深度、內涵的是近代芬蘭作家勞塔瓦拉（Einojuhani Rautavaara b. 1928）寫於 1972 年的〈鳥唱和樂隊的協奏曲〉（Cantus Arcticus）。全曲以鳥鳴為獨奏主角，每一樂章用的鳥唱都不同，和樂隊空靈、蕭穆、神秘的音樂配合得宜，給聽者展示了北歐寧謐、蒼茫原野無窮的吸引。

藝術評論

　　今日的社會「評論」不止影響，往往塑造了大眾的意見。很多時，我們買一本新書之前，先看書評；看一齣電影，先看影評，要買張唱片，先讀讀有關的樂評。這些「不可少」的評論，在我們還未有任何意見之先，便已經影響我們了。有說寫評論的人，有該方面的專業知識，他們的意見值得借鏡。

　　最近看一本美國出名的唱片雜誌，同一個錄音，甲樂評人大力推介，認為演奏無懈可擊；乙樂評人卻認為是年內聽到最劣的唱片，樂隊像是拉雜成軍的業餘樂團，節奏混亂，音色薄弱。你信哪一個？這還是兩個不同的樂評人。同一個樂評人對同一演奏都可以有南轅北轍的不同評價。

　　哉詩・赫圖（Joyce Hatto 1928-2006）是上世紀英國一位不大著名的女鋼琴家。她 1976 年因為患上癌症便告別樂壇，再沒有公開演奏。可是在她的晚年——上世紀末、本世紀初的十年間，很多她的獨奏或和樂隊合奏的錄音突然湧現，都是由她曾經從事唱片出版業的丈夫製作的。他解釋赫圖不再公開演奏是因為健康理由，可是她熱愛音樂，在沒有

壓力、身體狀況較佳的日子，便把她對所愛音樂的演繹，由
丈夫灌錄下來，和大眾分享。那十年間出版的唱片數量超過
一百張，範圍很廣，包括：莫札特、貝多芬、李斯特、蕭邦
等，獨奏和樂隊合奏都有。一位寂寂無聞的琴手，在患上絕
症的晚年，居然孜孜不倦和樂迷分享她所愛的音樂、動人的
故事、同情弱者的心態，再加上不少錄音又的確水準頗高，
大西洋兩岸的樂評人對赫圖的唱片都評價很高，更有詡之為
二十世紀最受人忽略的優秀鋼琴家。雖然有人對赫圖在患重
病的晚年突然冒起有點懷疑，甚至指出她某個錄音和另一琴
手的錄音十分相似，連奏錯了的地方也相同，不少吹捧她的
人都認為只是巧合。英國著名樂評雜誌《留聲機》某樂評人還
叫批評者閉嘴，除非拿出「在法庭上可以站得住的證據」。

　　在法庭上站得住的證據終於無意中找到了。美國一位樂
迷把赫圖灌錄李斯特的十二首鋼琴獨奏《卓越技巧練習曲》
（12 Transcendental Etudes）存放電腦，但電腦表示已經儲存
了同一錄音，不過演奏者卻是另有其人。他把這個發現告訴
《留聲機》雜誌，主編和兩位樂評人再仔細聆聽，發現兩個錄
音的確很相似，認為事有可疑，特別組織專家小組求個水落
石出。2007 年 2 月，當時，赫圖已經逝世。《留聲機》發表調
查結果：經過他們仔細的檢察，偵查，真相大白，原來所有
哉詩‧赫圖的錄音都是偷自其他鋼琴家的錄音的。她的丈夫
不是把幾個不同的演奏拼湊一起，便是把一個演奏其中一兩
句的節奏稍稍更改，當成赫圖的演奏出版。有趣的是，同一

演奏，同一樂評人，把赫圖名下的盜版捧上九重天，而原本的錄音卻被貶得一錢不值。譬如蕭邦的練習曲，原來的錄音被評為過於拘謹，缺乏個性；赫圖的演出卻譽為充滿激情，發前人所未發，認為赫圖是二十世紀未受注意的最偉大的鋼琴家。她的丈夫開始的時候，矢口否認，後來在如山的確鑿證據下終於承認了，有關方面因為犯案人年事已高，所涉款項不大，便沒有起訴。

錄音演奏

　　哉詩・赫圖的事件因為有關方面沒有起訴應該就此結束。可是卻還是餘波未了。有幾位著名的樂評人對同一演奏的評價有雲泥之別：把以赫圖為演奏者的假冒版捧得似天高，而原奏者的演出卻貶為未及格。這些樂評人事後固然備受批評，甚至成為笑柄，但也帶來了一些值得深入一點討論的問題。

　　《留聲機》雜誌樂評人摩里臣（Bryce Morrison）批評原奏者的歷曼尼諾夫（Sergey Rachmaninov）第三鋼琴協奏曲的錄音不夠勁，沒有震撼聽眾那種逼人的激情。可是赫圖冒名的同一演奏錄音，他卻推詡為該樂曲最佳的幾個錄音之一，充滿斯拉夫民族的活力。他當然逃不過樂迷的揶揄，不過他卻公開為自己辯護。

　　他的自辯很簡單。他承認兩個版本都是同一演奏，然而就是在重新比較之下，他仍然維持原來的看法，因為兩個版本呈現的音響世界非常不同。原版本琴音清冷、乾枯，奏者好像存在於和聽眾隔離的另一世界；而以赫圖為演奏者的假冒版，在錄音上加了工夫，琴音暖柔、溫潤，奏者好像就在

聽者的面前。

　　有人也許會認為摩里臣強詞奪理，可是今日的錄音技術的確可以把一個演奏完全改觀的。上世紀三、四十年代的名家演奏錄音，今日很多都被翻新轉成鐳射盤發行。新的版本在出色的錄音師手下簡直就是脫了胎、換了骨。本來枯槁、狹隘，如在密不通風的斗室之內奏出的音樂，尖銳刺耳的小提琴，絃管難辨、混成一團的樂隊合奏，忽然變得嘹亮豐滿、圓潤悅耳、清晰分明。這種哪吒再世的錄音，一般樂迷隨手可以舉出十個、八個的例子。所以摩里臣的解釋未必便不能接受。這便引出了一個問題，錄音的演奏究竟是不是「可靠」？

　　今日的錄音演奏，除了如上述錄音師的改變外，還可以用好幾個不同的錄音（跟赫圖的盜版不同，用的不是不同奏者，而是同一奏者的不同錄音），選擇其中比較好的部分湊拼起來。這還只是錄的時候，可以更變的地方，播的方面也很重要，不同的音響器材，播出來的效果十分不同。不少時候樂隊一些細節，在某些器材下聽不到，換了好一點的器材卻是清清楚楚。哪一種錄音、哪一種器材才保存了演奏的真貌？我看這是沒法弄明白的，大概也無必要庸人自擾，硬要求「真」，把錄音演奏和現場演奏分別開來，以不同的心態去欣賞便是了。

錄音的真真假假

　　音樂演奏，灌成唱片的時候，在錄音室內是可以「做很多手腳」的。最簡單的，把奏者對同一樂段幾次不同的演奏其中奏得好的片段東拼西湊起來當成一個演奏。據說，上世紀名指揮喬治‧塞爾（George Szell 1897–1970），一次和一位年青的鋼琴手合作灌錄一首協奏曲，其中一些困難的樂段那位年青琴手都沒法彈奏得愜意，不是這裏彈錯，便是那裏漏奏，或是跟不上樂隊，最後錄音師把十多次不同的錄音，這裏選幾句比較好的，那裏選幾句沒有錯的，勉強合成一個合格的演奏。當他們聆聽最後定本的時候，那位鋼琴手對塞爾說：「奏得不錯吧？」塞爾回答說：「還不錯，你回去多練習十年八載，也許可以達到這樣的水準。」

　　上面的故事也許是編造的，但下面的另一個卻是言之鑿鑿，在音樂界廣泛流傳，一般樂迷大抵都聽過。上世紀四十年代末、五十年代初，名指揮富特文格勒（Wilhelm Furtwangler 1886–1954）替 EMI 灌錄華格納歌劇《女武神》和《特里斯坦和伊索爾德》（Die Walkure & Tristan Und Isolde），女主角是由挪威女高音法蘭格詩達（Kirsten Flagstad 1895–

1962）主唱。當時法蘭格詩達盛年已過，歌劇裏面幾個高音C，她已經不能唱得穩，所以唱片公司情商當時的年青歌手菲莎（Sylvia Fisher 1910–1996）和施瓦茨科普夫（Elizabeth Schwarzkopf 1915–2006）代唱，然後在錄音室剪接上去。故事傳出後引起很大的爭論，有以為這是藝術欺騙，是不道德的行為。可是一般樂迷不以為忤，兩套唱片都十分暢銷，公認為是這兩齣歌劇的經典錄音。

　　在這裏我無意討論這樣的做法是不是不道德。把同一奏者不同的錄音拼湊為一，今日差不多是無可避免的了，也沒有聽過甚麼反對的聲音。至於由他人代奏（或代唱）其中片段，或如上述其中一兩個音，當成全部都是同一奏者，不以為然的便多了。有説，起碼唱片公司應該列出事實：錄音中某處是由某人代奏。這看來合理，可是加上這樣的聲明，大大減少了唱片的銷售量且不去説了，對演出者的聲譽也會有很大的負面影響。加上了聲明，我看法蘭格詩達一定不肯灌錄這兩套歌劇，她對這兩齣歌劇精彩的演繹，為了三四個高音C，也便成了廣陵散，後人再不能欣賞得到了。

新與舊

　　今日是一個愛新的時代。甚麼事物只要冠上一個「新」字，似乎馬上便升了值。其實，「新」指的只是在時間上出現得比較晚，或者與以前熟悉的不同，並不是一種價值判斷：新的定必比舊的好。然而，今日如果不求新，往往給人有不時髦、落後的印象。很多樂評人批評音樂會節目保守，不是莫札特，便是貝多芬，偶然一首半首巴托、史塔文斯基，認為應該多演出一些「新」作家的作品。為了應付這些批評，樂隊不時在節目中安排一些「首演」，但這些首演往往也就是「末演」，曇花一現，便蹤影全無了。因為新是新了，但卻不是好。

　　從前新的出現是因為舊的不足，有欠缺，並不是只為求新而新。每個時代有每個時代不同的問題，嶄新的事物、特殊的情感，有時要痛快淋漓地表達這些新問題、新事物、新感情，舊的工具、熟習的藝術形式已不再勝任，那新的便自然產生，非出現不可。然而，為新而新，舊的還未曾了解清楚，還未曾完全發展，便已經被揚棄，這種新往往連舊的也不如。創新的只是因為沒有能力、沒有耐性、沒有智慧把舊的學好，便索性以新鮮掩飾自己的淺陋。這種不是因為舊的

不足和欠缺而產生的新，是毫無價值的。

1891 年，紀念莫札特逝世一百周年，蕭伯納寫道：「我們找不到莫札特有甚麼獨特之處值得我們景仰。……因為他根本不是披荊斬棘的開路先鋒，也不是甚麼新流派的始祖。」

「有人也許以為如果説莫札特沒有開創出一個新流派也便低貶了他的身價。其實在藝術領域裏面，最高的成就，是成為一個流派裏面最後的大家，而不是它的創始人。因為差不多任何一個人都可以開始，難能的是作一個終結——在傳統的規範下，做得比任何其他的人都好。」莫札特就是他所處的音樂時代的總結。

我們這個時代是個浪費的時代，一件東西尚未摸清楚它的全部用途，便已經棄置不用了；事物尚未透徹明白，便被視為過時了。我們每天都在追新求異，尋找新刺激、新潮流。莫札特在故舊裏面，發現還有未曾探索過的樂地，未曾發掘到的寶藏，未曾開展透的意念，未曾呈現出的精彩，未曾攀登上的高峰，他把十八世紀的音樂帶進了前所未有的境界，充分發揮了裏面所有的可能，使後之來者如果不另闢蹊徑，就只能東施效顰，這就是莫札特的天才，今日，這個一味貪新的時代所不懂得欣賞的天才。

貪新的人應該向莫札特學個功課：舊的是否已經明白清楚了呢？是不是真的有不足、有欠缺？新的是否解決了舊的不足，彌補了舊的欠缺？否則新的不表示進步，晚出的不一定高明，舊的裏面可能還有不屑舊的人所領略不到的境界。

金錢和藝術

　　有一個常見的想法：金錢和藝術是扯不上關係的。不是說，藝術作品不能賣錢，只是說，在牟利這樣庸俗的目的下，不可能產生高雅的作品。讓我們看看下面一位作曲家寫給他的出版商的一封信：

　　　下列作品：七重奏一首（……可以改編為鋼琴曲以增廣流傳，為我們帶來更大的利潤）：金幣二十塊；交響曲一首：金幣二十塊；協奏曲一首：金幣十塊；鋼琴奏鳴曲一首：金幣二十塊。……你也許覺得奇怪為甚麼七重奏、鋼琴獨奏曲、交響曲都同一價錢。請聽我的解釋：雖然七重奏、交響曲價錢應該比獨奏曲稍高，但我想購買它的人及不上獨奏曲的多〔所以降低點價錢〕。至於那首協奏曲僅賣十塊金幣，我在前信已經提過，它算不上是我最優秀的作品。

　　這樣錙銖計較，以金錢、銷路來衡量樂曲的價值，估計銷路好的訂價高一點；銷路窄的，相宜一點，就像在市場上買賣雞鴨，一般人大概認為信的作者定不會是位名作曲家，

他的作品也大概不會很優秀吧。然而，上信的作者是世所公認、有史以來最偉大的兩三位作曲家之一：人稱「樂聖」的貝多芬。信內提到的作品分別是降 E 大調七重奏 Op 20：C 大調第一交響曲 Op 21；降 B 大調鋼琴奏鳴曲 # 11 Op 22；降 B 大調第二鋼琴協奏曲 Op 19。這四首樂曲雖然都不是他最偉大的作品，但仍然是音樂上的佳作。貝多芬並不是個特別的例子。歷史上不少名藝術家，都是靠販賣他們的作品為生的。這些賴以賺錢的藝術作品，往往是傑作，藝壇的瑰寶。金錢的考慮會扯低了作品的藝術價值，嘩眾媚俗的作品，哪裏可以稱得上藝術？！這個想法似乎並不對確。然而它是這樣普遍，這樣根深柢固，的確很難反對，或者不敢反對。但在我們欣賞一個作品之前，是否必須先找出作者的動機？一個獲得高評價的藝術品，繪畫也好，樂曲也好，一旦發現作者原來是投買家所好而作的，是不是馬上便失去它的藝術價值呢？這些問題實在不知道怎樣回答，必得另待高明了。

三

消憂書

「勤讀」(Kindle)和書

亞馬遜（Amazon）網上郵購公司十多年前推出了一種稱為「勤讀」(Kindle)的新產品。（如果按普通話來音譯，也許應該譯為「肯讀」吧。）「勤讀」是一個重量不過十安士，像袋裝書一般大小，熒光幕只有六吋，專門用來閱讀的小電腦。根據亞瑪遜的宣傳，「勤讀」的出現，敲響了傳統印刷出版書籍的喪鐘。宣傳有沒有誇大？且讓我們一看「勤讀」能做些甚麼。

有了「勤讀」，向亞瑪遜購書，從電郵付了款，只一瞬間，書便傳入個人的「勤讀」，在機上閱讀，不必等待郵遞。字的大小，隨一己視力的需要調校；要查書中任何字詞語句，只要輸入待查的資料，便馬上找到，不必花時間翻檢。亞瑪遜計劃把現有的全部書籍數碼化（估計把一本書數碼化，只需花大概二百美元），假以時日，所有書籍便都可以透過「勤讀」買到、看到。除了書籍以外，還可以透過「勤讀」訂閱報張、雜誌。所訂報刊，不再需要報童早上派送，或郵寄到訂閱者家中，而是直接傳到「勤讀」機內。

熒幕最大的缺點是熒光閃動刺眼，看久了眼睛不舒服。

可是因為近幾年發明的所謂電子油墨（E Ink）的科技，這方面已有很大的改進。「勤讀」熒幕上顯示的，已不再顫抖眩目，和印在紙張上的，已經差不多沒有甚麼分別了。

一部「勤讀」可儲存數以百計的書，倘若還嫌不夠，可以把書存於亞瑪遜書庫，需要時才取閱。每部機只要充電兩小時，便可持續使用三十小時，就是不眠不休的小說迷，大抵也夠用了。「勤讀」開始的售價是美金四百元，現在售價大幅度下降，數十美元便可以購得一部，一機在手，天涯海角都可以隨身帶着自己全部的藏書。搬家的時候，只把機在口袋裏一放，也不用汗牛充棟了。有這麼多的好處，怪不得有人認為「勤讀」流行之日，閱讀世界便進入了天堂。

我看到「勤讀」的眾多好處，也明白它的擁護者的狂熱。然而我總覺得「勤讀」的天堂並不完全理想。是我未能與時俱進？下面，是我的理由，請各位判定吧。

書

　　假如，書只是把作者要説的話準確地、快捷地傳給讀者的工具，那毫無疑問，「勤讀」比今日我們熟悉的，印在紙張上的書優勝多了。再加上，它攜帶容易，翻檢方便，收藏簡單，的確是理想的「書」——如果書只不過是上面所説的工具的話。但書是不是只是這樣的一種工具呢？

　　當一本書成為了個人的藏書，它往往便不再只是上述的工具，同時也成了書主人的記錄。

　　英哲羅素（Bertrand Russell 1872–1970）的《哲學問題》（*The Problems of Philosophy*）是我最早接觸到有關西方哲學的書籍，也是這本書引起我對西方哲學的興趣。我書架上的這本書，跟了我超過了半個世紀，已經相當殘破，仍然保留着，除了感情因素外，它保存了很多消息，在任何其他的一本《哲學問題》裏都找不到。

　　在這本書很多頁的段落之間或邊緣空白的地方，我寫上了很多當時的心得、疑問。這些心得，有些現在看來非常膚淺，可是卻反映了我當時，對西方哲學毫無認識下的理解和心態。寫下來的疑問，往往是因為看不懂或誤解了作者意思

而產生的。

　　《哲學問題》只是隨便舉的一個例，書架上不少其他的書本都不乏這些眉批、夾批。譬如，在一本《論語》讀本，「無友不如己者」一句之下，寫了這麼的批語：「那麼人怎能有朋友？不是自己不如人，就是人不如己。前者人不肯和自己交朋友，後者則自己不與人交。」（一片洋洋自得，應是中學時代的少作。）另一筆跡：「友，像兩手相交，可訓為交，轉訓為效，則意義明暢。」（應該是剛學過一點所謂訓詁時寫的。）旁邊不同墨跡又有另四字批語：「孤證奈何？」

　　這些批語固然記錄了我自己的學習歷程，更重要的是，今日和學生討論問題時，讓我明白程度像我當年一樣的學生，面對同一課題，會發出甚麼的問題，會有甚麼心得，產生甚麼的誤會，幫助我做個更好的老師。

　　如果當年用的是「勤讀」，可以保留這些消息，給予我們這些幫助嗎？

《少年百科全書》

　　書架頂的左上角，放着一套包得整整齊齊，共二十冊，大多很殘破，商務印書館 1939 年版的《少年百科全書》。那是我最早的、也是我最寶貝的藏書。是十歲生日時爸爸媽媽送給我的生日禮物。

　　我還記得很清楚和爸爸媽媽捧着書從書店出來時那種的驕傲和欣悅。我從來未曾有過這樣珍貴、隆重的禮物。一套三、四冊的小説作生日禮物已經叫人不勝歡喜了，何況二十冊？而且是百科全書——嚴肅、深奧，只有成年人、有學識的人才應該擁有。霎時間，覺得自己成長了，覺得爸爸媽媽很尊重自己。就是今日，當我翻開這二十冊書其中任何一本，手接觸到這些書頁，這種欣喜、感激，馬上洋溢心中，叫我感到很幸福、很溫暖。

　　在接下來的六、七年，這套書成了我時常翻閱的好朋友。它不只提供了我很多知識，也同時留下了我生命活潑的紀錄。這二十冊的《少年百科全書》共分成九類，殘破得最厲害的是〈歐美名著節本〉、〈世界各國志〉、〈世界名人傳〉的三類八冊；〈地球〉、〈奇象〉、〈生命現象〉的三類七冊是最完整

無缺，其中一兩本還好像新買的一樣。顯而易見，我自少興趣便傾向文學、歷史，與自然學科無緣。真不明白為甚麼中學畢業時，家人還硬要我試考醫科。質性使然，非矯厲所能得的。

第九類是〈遊藝〉，共兩冊，內容包括了一些手工藝作業，譬如怎樣製造萬花筒，如何用硬紙板建造模型村等等。這兩冊書其中一頁，有一個血指模。原來我小時笨手笨腳，手工很差。但是住在我家附近的一位小朋友卻是手藝很好。我常常跑到他家裏和他一起，其實是倚靠他，來試做那些作業。一次用鏹刀時不小心，割傷了手，流了很多血，把他家人嚇壞了，以後也就少去他那裏了。升了中學，慢慢便失去了聯絡。書頁上的血指模就是那時留下來的，也是我們友誼僅存的唯一紀錄。

如果當時爸爸媽媽送的是直接傳到我的「勤讀」裏，就是保存在機內幾十年，它能為我保存這些回憶，掀起我這些感受嗎？我們愛一本書，保存一本書，又豈只是因為它能為我們提供知識這樣簡單？

書累

　　好幾年前，一位在大學中文系任教的朋友退休，叫他最煩惱的事是：書。他是愛書之人，買下的書很多。香港寸金尺土，他的住所不大，還好大學的辦公室有二三百呎面積，除了桌椅再沒有甚麼家具，於是四壁都裝上高達房頂的書架，藏書就往那裏放。書架放滿了，便堆在地上，辦公室成了藏書的貨倉。退休，便得遷離辦公室。家裏的書架都已經放滿了書，也再沒有地方加添書架，怎樣安置辦公室搬回來，少說也有六七百本的書？堆在地上，他太太說把家弄成似個狗住的地方，無論如何不答應。他把心一橫，決定扔掉一些少用的書，千挑萬選，依依不捨，也只選得四、五十本，杯水車薪，無濟於事。後來準備把部分藏書送圖書館和學生，結果別人要的，他不願送，他願送的別人又不肯要。他太太看到他整天望着曾經為他帶來不少快樂和驕傲的書發愁，不知好笑，還是好氣。從他身上我體會到前人所謂的「物累」。我們教文科的，儲下來的物不多，書卻積存得不少，就稱之為「書累」吧。

　　我的書沒有朋友的多，退休移居海外，房價不到香港的

五分一，面積卻比香港大兩三倍，所以沒有朋友書累煩惱的嚴重。可是這五六年來，雖然常常到圖書館借閱，或者購電子版存入「勤讀」（Kindle），但傳統印刷的書籍，也還是買了不少，家中原有的書架已經不夠用，開始泛濫到地板上去了。正想添購書架，國家廣播公司（NBC）恰恰推出「回到基本」（Back to basic）的節約運動——勸觀眾不要購買沒有需要的東西，把多年未曾一用的物品送掉。根據他們的報道，不少女士本來四、五個大壁櫥都裝滿的衣物，現在一個小衣櫥，已經綽綽有餘了。從前，一個月添置五六套衣服，現在一年也不過三四套。於是我發個願心，調查一下自己已有的書籍，結果發現：就是除去不是準備全本閱讀的參考書，好像：《全唐詩》、《新唐書》、《舊唐書》、《太平御覽》、《文苑英華》等等，也還有百分之十五、十六左右的藏書，買來之後未曾讀超過十分之一的。我相信我的並不是特例，王國維七律〈出門〉頷聯的上句：「但解購書那計讀」是很多唸文科、愛書的人的真實寫照。

書是給人讀的，要是不讀，為甚麼買？這個問題可以有很多不同的答案。有些人買書是為了裝飾。客廳的角几或咖啡桌上，放兩本印刷精美的畢加索、馬蒂斯、法國印象派畫冊，就如放上一些盤栽植物，不過更能表示出主人有品味。這些所謂「咖啡桌上的書」是不計讀的。

藏書家千方百計要買到一本善本書，不是為了讀，而是為了藏。胡適逝世後，他收藏的《乾隆甲戌脂硯齋重評石頭

記》，就被他曾經就讀過的美國康奈爾大學的圖書館收存，圖書館收存這本書是不計讀，只是為了藏。不過，胡適生前把甲戌本影印了一千本，以廣留傳。把原本藏起來也便難以厚非了。

大部分人買了書沒有讀，並不是因為上述的理由。以我自己為例吧，有些書因為是名著所以買下來。我書架上有兩本不同的英譯《浮士德與魔鬼》，就是覺得歌德這本巨著，怎能不一讀？買下第一本英譯，不能念下去，還誣過譯者譯得不好。再買另一公認好的譯本，仍然不能卒讀。這便成了那百分之十五、十六裏面的兩本了。

有時是因為作者的名氣而把書購下來的。高行健拿到諾貝爾文學獎，買了兩本他的著作，結果，於我無緣，看不下去。有時是因為求全，唸研究院的時候我讀過康德的《純理性批判》、《實踐理性批判》，還欠他的《判斷力的批判》未看過，所以把它也買下來，至今未看過十頁。有些書是因為書名吸引。我有不少關於語言的書，甚麼《語言和社會》、《語言與宗教》、《從語言看道德文化》等等，都是因為書名而買了下來，卻發現不是自己期望的內容，也便沒有終卷了。也有不少是不自量力，很多科普的書籍，買的時候以為可以看得懂，看下去卻是似懂非懂，甚或完全迷失，不知所云。

買而不讀，是不是浪費金錢？我看這是求知過程的投資。書架上的書，就是那未有好好讀過的百分之十五六，也見證了自己在學術上的偏愛，興味的轉移，饒有意思。

紅豆生南國

好幾年前，我們同事幾人在電台有一個介紹中文的節目：《中文一分鐘》。有一次在節目中談到王維的五絕〈相思〉。在節目上唸的是：

> 紅豆生南國，秋來發幾枝。
> 勸君多採擷，此物最相思。

問題出在第二句：「秋來發幾枝」，一位觀眾在報上指摘我們犯錯，應該是「春來發幾枝」。

的確，坊間流行最廣的唐詩選本《唐詩三百首》，這句是作「春來發幾枝」的。我們並不是故意標新立異，而是同事中有一位熟唐詩的說，這該是「秋來」，叫我們查查書。一查之下，果真如此。《全唐詩》，一般研究王維的學者認為較可靠的，趙殿成注的《王右丞全集注箋》，以及收有此詩年代較早的筆記，如：晚唐的《雲溪友議》，宋代的《唐詩紀事》，這句都作「秋來」而不是「春來」的。從版本而言，「秋來」比「春來」更多證據支持。我們就這樣在報上回應了那位觀眾。可是他還是不服氣，認為秋天衰颯，一般植物只有春天才發，

哪有發在秋天的呢？最後還説，他門前便長了一棵紅豆樹，請我們去看看到底是春天發，還是秋天發。他的質疑未嘗沒有理由。關鍵在詩中的「發」指的到底是甚麼。

「發」是生長茂盛的意思。發的可以是枝，可以是花，可以是葉，也可以是果。在詩中看到「發」字，一般都直覺指的是枝或花，讀詩的時候往往沒有深究。但這首詩寫的是紅豆，不是紅豆花，更不是紅豆樹。（勸君採擷的是紅豆，最惹相思之物也是紅豆。）所以第二句中説到的發，指的該是豆。紅豆是果，發在秋天是合理的。

退休來美，後院種了一株樹，初春抽芽長葉。晚春、初夏整棵樹長滿了淡淡的紅花，好像披上了晚霞色彩的輕紗。接近中秋，結成了纍纍的紅豆。雖然不是代表相思的中國紅豆，但也讓我切身體會了「秋來發幾枝」的詩境。

感謝要我們查查書的同事，在報上指摘我們的觀眾，沒有他們，我便在「讀書不求甚解」下，失去了對這首差不多人盡皆知的名詩確切一點的了解了。

相思

　　上文和大家談到王維的五絕〈相思〉。提到詩的第二句有兩個不同的版本。「秋來發幾枝」，支持的證據比大家較熟悉的「春來發幾枝」要多。在為「秋」與「春」的問題翻查參考書的時候，有個意外發現。原來詩的第三句「勸君多採擷」也有兩個版本，看過的參考書中，有一處，也只一處，在第三句下有小字夾批：「有本作休採擷」。「勸君休採擷」和「勸君多採擷」。雖只一字之差，意義卻完全相反。「多」和「休」究竟孰是孰非呢？

　　胡適有首以相思為題的小詩：

　　　也想不相思，
　　　可免相思苦。
　　　幾次細思量，
　　　情願相思苦。

　　這詩把相思看得很浪漫。詩內雖然說相思苦，卻是屬其詞若有憾然一類。有些朋友很喜歡這首詩。我卻嫌它做作，婆媽得叫人難耐。應該是他的少作吧。有經驗，人生閱歷豐

富的，大抵都只會同意李商隱：「春心莫共花爭發，一寸相思一寸灰。」或者王國維詞所說：「倘有情早合歸來，休寄一紙無聊相思字」的快人快語。如果可以長相廝守，不必各在天一涯，卻情願選擇相思苦的，大概不會有幾個人吧。

人生中相思是苦事，所思在遠道，整天牽腸掛肚，寢寐見之。為此展不開眉頭，捱不明更漏。縱遇良辰好景，千種風情更與何人說？所以徐志摩雖然深愛康橋，離開的時候還只是「揮一揮手，不帶走一片雲彩」。除了「偶逢錦瑟佳人問，便說尋春為汝歸」的輕薄浪子，或者「曾因酒醉鞭名馬，生怕情多累美人」，一時情迷，讓達達的馬蹄聲，響出了美麗的錯誤；沒有人願意到處留下相思債的。

王維好佛，深悟禪理，既然曉得紅豆此物最相思，避之為恐不及，又哪裏會有勸人多採擷，到處惹相思，作繭自縛之理？我看「勸君休採擷」較「勸君多採擷」於義為長。也合作者的性格，該是作者原意。可是看過的參考書中只有一處提到「多」或作「休」，孤證力弱無效，奈何？

〈自君之出矣〉

　　我很喜歡張九齡的〈自君之出矣〉:「自君之出矣,不復理殘機。思君如滿月,夜夜減清輝。」不是因為這是首絕妙好詞,有豐富的情感,深邃的哲理,高逸的神韻,卓爾的境界,而是因為它是很好的教材。

　　宋代郭茂倩編撰的《樂府詩集》一共收了二十二首〈自君之出矣〉,張九齡的還不在其內。除了三首,十九首都是一詩四句,而其中十八首的組織都是跟張詩一樣:第一句是「自君之出矣」;第二句敘述分別以來的境況;第三句是個比喻:我思念你就像甚麼似的;第四句道出別後和比喻相似的地方。這些詩作,我看並不是有感抒懷之作,作者是把它看成一種遊戲,一種競賽:同樣的題材,同樣的篇幅,同樣的組織,怎樣把其他的作品比下去。

　　第一首這樣的〈自君之出矣〉據《樂府詩集》是漢代徐幹〈室思詩〉第三章:「自君之出矣,明鏡暗不治。思君如流水,無有窮已時。」(自從分別以來便沒有再對鏡理妝了。對你的憶念,就像流水,沒有一刻止息。)也不知甚麼緣故,此後仿效這首詩的作品很多,直到唐代,每一朝代都有。在

這眾多的〈自君之出矣〉中，張九齡的一首，在我看來比其他的優秀，也怪不得給很多選本選上了。

別的不說，讓我們看看詩的第三句，《樂府詩集》收集的十多首作品中，以燭為喻的最多，如：「思君如明燭，中宵空自煎」，「思君如夜燭，垂淚着雞鳴」，「思君如明燭，煎心且銜淚」，「思君如夜燭，煎淚幾千行」。燭，在這種離別詩中實在是太平凡的比喻。看到第三句的燭，詩第四句說的是甚麼，便都猜得到：不是垂淚，便是煎心。沒有可以使讀者欣然忘食的悟得。

張九齡詩的「思君如滿月」可就不同了。人有悲歡離合，月有陰晴圓缺，圓月是歡樂，聚合的象徵，在一首傷離別的詩中，竟然以圓月，不只圓月，更是滿月為喻，讀者不免詫異，對第四句的解釋也便不期然生發好奇，要趕忙看一看詩人的解釋。「夜夜減清輝」一句把這個費解的比喻點化為貼當的妙喻：月既滿，接下來便只能漸逐虧損；相去日遠，衣帶日緩，思君憔悴，也就只能如滿月，損之又損，以至於無有了。這個意想不到的曲折妙着，給讀者帶來欣喜，也就是張詩勝人一籌的地方。

飲馬長城窟

在上文和大家談到樂府詩裏面的〈自君之出矣〉，我特別欣賞張九齡的一首，就是因為張詩的第三句以滿月喻別後的境況，看來雖似不倫，但讀畢第四句，又覺適貼遂心，叫人有説不出來愜意的舒暢。

《樂府詩集》又收有〈飲馬長城窟行〉十七首。〈飲馬長城窟行〉詩和〈自君之出矣〉詩不同，它們長短不一，組織不一，編撰人把它們放在一處，大概因為它們都是以征戍為題材。我本來想説它們都是哀嗟行役之苦，但其中三首君王所作的：魏文帝：「浮舟橫大江，討彼犯荊虜」；隋煬帝：「……萬里何所行，橫漠築長城。豈台小子智，先聖之所營。樹茲萬世冊，安此億兆生」；唐太宗：「……悠悠卷斾旌，飲馬出長城。……絕漠干戈戢，車徒振原隰。都尉反龍堆，將軍旋馬邑。揚麾氛霧靜，紀石功名立」；卻是歌頌行役的。看來當權的和老百姓的想法，從古如斯，都是南轅北轍，能不叫人發哀哉之嘆！

我喜歡的〈飲馬長城窟〉詩沒有收進《樂府詩集》，是大學一年級時，教社會學的陳伯莊老師給我們介紹的，作者是

清朝蒙古詩人夢麟。詩云:「飲馬長城窟,城下多白骨。白
骨為人時,雙劍奪馬騎。」

　　一般的〈飲馬長城窟〉都是道述行人役夫的苦冤,例
如:「生男慎莫舉,生女哺用脯。君獨不見長城下,死人骸
骨相撐拄」;「回來飲馬長城窟,長城道傍多白骨。……黃昏
塞北無人煙,鬼哭啾啾聲沸天。無罪見誅功不賞,孤魂流
落此城邊」。上述一詩,一反常情,沒有半句怨言。詩人只
是想像這具骷髏生前是位生龍活虎、威風凜凜的好漢。可是
這位勇猛矯健、步行奪胡馬、劍擋百萬師的英雄,瞬間就只
剩下一堆可憐的枯骨。父母的提攜,妻兒的眷賴,友儕的企
盼,絢爛的前途,戛然而止,就像樂曲奏到高潮,琴絃突然
中斷,……不能挽回,留下撕裂心懷的悲傷,無淚望天的悵
惘。這強烈的對比,把死亡的慄絕,苛政的酷烈,戰爭的浪
費,剎那間,都展示眼前,就只四句二十字,震撼力勝千言
萬語。

好句

　　出色的詩作要有句有篇。不少詩詞,讀來饒有興味,卻沒有突出,叫人難忘,好像李義山的:「夕陽無限好,只是近黃昏」,或如〈琵琶行〉裏面的:「千呼萬喚始出來,猶抱琵琶半遮面」,「同是天涯淪落人,相逢何必曾相識」的好句。亦有不少雋永佳句,好像王國維的「但解購書那計讀」,可是全詩卻並不見得出色。

　　龔定盦〈己亥雜詩‧別黃蓉石比部玉階〉:「不是逢人苦譽君,亦狂亦俠亦溫文,照人膽似秦時月,送我情如嶺上雲。」我很喜歡「亦狂亦俠亦溫文」一句,覺得寫盡天下理想的男性。大學剛畢業,一位亦師亦友的長輩逝世,同級友人寫了一副輓聯,上聯結語:「有酒有書有肝膽」,下聯就是以這句定盦詩為對。「有酒有書有肝膽」確乎是這位前輩真實的寫照,但我雖然敬愛他,總覺得「亦狂亦俠亦溫文」有點兒過譽。理想多是在現實世界找不到的,可望不可即。就是起黃蓉石先生於九泉,讓我們一見,也還是當不起這句詩的稱讚的。

　　納蘭性德有一首〈木蘭花〉:「人生若只如初見,何事秋

風悲畫扇？等閒變卻故人心，卻道故人心易變。驪山語罷清宵半，淚雨零鈴終不怨。何如薄倖錦衣郎，比翼連枝當日願。」我特別喜歡它的起句，說的道理雖然和《詩經‧蕩》的「靡不有初，鮮克有終」一樣，可是相較之下，《詩經》一句，便未免顯得粗糙、笨拙，沒有納蘭的婉約、含蓄，說它比《詩經》更深得風人之旨，好像有點不倫，但卻是的確如此。

　　另一首納蘭詞：〈浣溪沙〉，我喜歡的是結句：「誰念西風獨自涼，蕭蕭黃葉閉疏窗，沉思往事立殘陽。被酒莫驚春睡重，賭書消得潑茶香，當時只道是尋常。」上了年紀，回頭一望，人生多少美麗的時刻，動人的剎那，我們營營役役，都忽略了，沒有好好抓緊，慢慢享受，把它當為平凡，無足珍貴，不經意地便讓它溜走了。「當時只道是尋常」，含有多少懊恨、悔惱，幾許悵惘、無奈，同時也提醒我們好好欣賞生命。很多時候，我們一生追求多、大、不平凡，以此為生命的意義，孔子沂上之嘆：「吾與點也！」就是體會到「莫春者，春服既成，冠者五六人，童子六七人，浴乎沂，風乎舞雩，詠而歸」，這生活中的尋常，才該是生命的鵠的。

篇和句

杜甫有句:「為人性僻耽佳句,語不驚人死不休。」不少詩人的確是拼力追求佳句,是否成篇在他們看來只是次要。譬如唐詩人李賀 (字長吉),根據他的傳記:他「常時旦日出遊,……背一古破錦囊,遇有所得,即書投囊中。暮歸,足成其文。」如果屬實,他這種因句成篇的方法,不是文學創作的正途。

很多我喜歡的詩詞都沒有可以獨立引述的名句。就如楊萬里的一首七古,〈重九後二日同徐克章登萬花川谷月下傳觴〉,雖然沒有突出的佳句,也不是家傳戶曉的名詩,但卻是首尾呼應、生動活潑、妙趣橫生的詩章:

> 老夫渴急月更急,酒落盃中月先入,領取青天併
> 入來,和天和月都蘸濕。天既愛酒自古傳,月不解飲
> 真浪言。舉盃將月一口吞,舉頭見月猶在天。老夫大
> 笑問客道:月是一團還兩團?酒入詩腸風火發,月入
> 詩腸冰雪潑。一盃未盡詩已成,誦詩向天天亦驚。焉
> 知萬古一骸骨,酌酒更吞一團月!

　　月下傳觴或獨酌，古人用作詩歌的題材比比皆是，但鮮有如楊詩想像的跳脫，意境的奇兀。李白：「舉杯邀明月，對影成三人」人、月、杯各各分開。在楊詩，月落杯中，再為詩人所吞，人、物與自然，糅合成一體，饒見心思，別趣橫生。雖然沒有可引的名句，惟一氣呵成，言人之未嘗言，卻又貼景合情。近人周汝昌讚這首詩為「大藝術家的……絕活」，真是有慧眼。

　　歷史上，有篇有句的好詩當然很多，杜甫雖然自稱「耽佳句」，但從來不棄篇求句。他的〈登高〉：「風急天高猿嘯哀，渚清沙白鳥飛回。無邊落木蕭蕭下，不盡長江滾滾來。萬里悲秋常作客，百年老病獨登臺。艱難苦恨繁霜鬢，潦倒新停濁酒杯。」全詩高渾一氣，且四聯俱為佳句，楊倫推為「杜詩七言律詩第一」，的是確評。王國維極許李白的〈憶秦娥〉，認為「西風殘照，漢家陵闕」兩句「遂關千古登臨者之口」。讀畢老杜的〈登高〉，我們可以說：「觀堂先生，你走眼了！」

　　東坡道中遇雨所寫的〈定風波〉：「莫聽穿林打葉聲。何妨吟嘯且徐行。竹杖芒鞋輕勝馬，誰怕？一蓑煙雨任平生。料峭春風吹酒醒。微冷，山頭斜照卻相迎。回首向來蕭瑟處，歸去，也無風雨也無情。」也是渾然天成，貼切情景，而結語在寫實中，更徹悟人生，縱浪大化，有句有篇的佳章，又有多少能更勝一籌？

誰努力加餐？

《古詩十九首》，其一〈行行重行行〉：

行行重行行，與君生別離。
相去萬餘里，各在天一涯。
道路阻且長，會面安可知？
胡馬依北風，越鳥巢南枝。
相去日已遠，衣帶日已緩。
浮雲蔽白日，遊子不顧反。
思君令人老，歲月忽已晚。
棄捐勿復道，努力加餐飯。

最後一句，有注釋者解為詩人自勉，不要因為被捐棄的緣故，自艾自怨，傷害身體，應該努力加餐，維持健康。有朋友認為：哪有勸自己加餐之理？這句話一定是勸對方的：雖然你離棄我，但我不怨恨你，請你努力加餐，善自保重，哀而不怨，這才合理。其實，傳統上兩種解釋都有，有些更認為解釋為自勉之辭，意義更為深長。隋樹森的《古詩十九首集釋》引譚元春語：「人皆以此勸人，此似獨以自勸，又高

「一格一想」，便是一例了。

　　把詩最後一句解為勸對方保重身體很合乎國人習慣。樂府詩有「長跪讀素書，書中竟何如？上言『加餐飯』，下言『長相思』」，我們中國人愛以「加餐飯」表示關懷。這裏詩人不因為對方的棄捐而生恨，反倒殷切地勸他保重身體，努力加餐，所以有評者認為：「別離是君之棄捐我也。『勿復道』，猶言『不再提』也。下卻轉一語曰：『努力加餐飯』，恩愛之至，有加無已，真得三百篇遺意。」為甚麼有評者卻以為，在被捐棄、傷別離的時候，忽然說自己要努力加餐，反而更「高一格一想」呢？

　　上引的譚元春並沒有解釋他為甚麼這樣說，但其他以為末句是自勸之辭，卻有下面的解釋：「『努力加餐飯』，蓋欲留得顏色在，尚冀他日之會面也。」另一個說得更清楚：「言相思無益，徒令人老，曷若棄捐勿道，努力加餐。庶幾留得顏色，以冀他日會面。其孤忠拳拳如此。」他們把末句釋為自勉之辭，表示被棄者，仍眷懷舊愛，念念不忘，努力保重身體，為己悅者容（這不是錯寫，因為既被棄捐，行者已非悅己，但仍為被棄者，也就是己，所悅），希望復合有時，色尚在。情深款款，婉約含蓄，更深得風人之旨。

　　文學不是科學，不一定有唯一準確的答案，兩個解釋，孰優孰劣，也便由讀者自己決定了。

李義山的〈馬嵬〉

　　《古詩十九首·行行重行行》最後一句:「努力加餐飯」,因為對說話人身份,是行者,抑留者,有不同的看法,而產生兩種不同的解釋。詩句究竟代表甚麼人說話非常重要,可以改變我們對一首詩的看法。

　　李義山的七律〈馬嵬二首·其二〉:

> 海外徒聞更九州,他生未卜此生休。
> 空聞虎旅傳宵柝,無復雞人報曉籌。
> 此日六軍同駐馬,當時七夕笑牽牛。
> 如何四紀為天子,不及盧家有莫愁?

是以「馬嵬」為題材的詩歌中較為人知的一首。這首詩到底是代表甚麼人說的話呢?

　　詩的首六句寫得親切,應該是當局者的口吻,透露的是當事者的感情,所以有注釋者認為是明皇的話。但是結束的兩句,語帶責備、埋怨,卻又不似玄宗自己說的。因此,不少注者以為全詩都是旁觀者的敘述,只是作者如親屆明皇,所以能寫出當時的物色意味。可是在烽煙處處,生靈塗炭,

國祚將亡之際，詩人結語竟然不說別的，只是譏諷明皇不能保住自己的愛妃，又難怪不少評者以末二句為「淺近輕薄」的敗筆了。

我覺得這首詩的語調、感喟，應該是切身經驗當事人的親切語，不是旁觀者的說話。然而，詩的最後一聯，我同意，不似是玄宗的說話。這樣剩下來只有一個可能：詩人是以楊貴妃的身份說話，是貴妃的觀點，是貴妃的感受。

仔細分析，視全詩出貴妃之口最是合理。「他生未卜此生休」在事件中誰宛轉馬前死？誰的生命休於當日呢？「無復雞人報曉籌」，六軍不發之後，玄宗於天旋地轉後還得返京城，雖然夕殿螢飛，孤燈難眠，但雞人報曉還可以多聽好幾年。只有楊貴妃才在馬嵬休其生，才千年不復朝，再聽不到曉報。末聯如出於貴妃之口更是哀婉動人，合身適時，沒有半點的輕薄。再者，這首〈馬嵬〉是兩首中的其二，其一是一首七絕：「冀馬燕犀動地來，自埋紅粉自成灰。君王若道能傾國，玉輦何由過馬嵬。」「自埋紅粉自成灰」一句，也表示了詩人是以貴妃的觀點敘事。

中國古代詩人有幾個肯以女性的身份，為女性說話，特別是被視為禍國殃民的禍水尤物？義山居然寫出貴妃馬嵬心聲，體貼傳神，真是難能之極。

偵探小說

　　小學四、五年級的時候，父親送我一套程小青譯的《福爾摩斯全集》，其實，那並不能說是「全」集，因為只是輯譯了所有的短篇，共四冊：《冒險記》、《回憶錄》、《歸來記》和《新探案》，另外四篇「長」篇（福爾摩斯的所謂長篇，並不長，說是中篇更適切）：《猩紅習作》、《四簽名》、《巴斯克維爾的獵犬》和《恐怖谷》並沒有包括在內，但已經叫我看得如醉如癡，從那時開始，我便和偵探小說結了不解緣了。到今天，我看過的偵探小說，長篇、短篇，合共應該有三、四百篇吧。

　　今日，最流行的小說類別應數偵探小說了。各大書店、圖書館都闢有特別的地方放置，而且佔的空間不小。報刊的書評，往往也為這些作品另設一欄（《紐約時報》就是顯著的一例）。在西方，「偵探小說」通常稱為「罪案小說」（Crime Fiction），有時稱「奇情小說」（Mystery）、「懸疑小說」（Suspense Fiction）。嚴格說來，奇情小說、懸疑小說、罪案小說都可以沒有偵探，譬如間諜小說（如詹士・邦）、法庭小說（如佩瑞・梅森〔Perry Mason〕、冧普爾〔Rumpole of the

Baily〕），便沒有偵探了；也可以是普通人被捲入罪案（大部分的希治閣電影便是這樣的橋段），甚至可以是沒被偵破的罪案，只是由犯案人自己解釋做案的經過。無論甚麼稱謂，所涵蓋的作品大同小異。

偵探小說古已有之。天主教舊約聖經（基督教的舊約聖經，沒有記載下面的故事）有關先知但以理的故事便已具備今日偵探小說的雛形。

在巴比倫一位名叫蘇珊娜的女子，所住的村鎮中有兩個長老，在她丈夫外出的時候誘姦不遂，老羞成怒，誣告她與情夫在園中野合。蘇珊娜通姦罪成，被判死刑。但以理挺身為她辯護。他把兩個證人分開，個別聆訊，查問他們看到蘇珊娜在園中哪裏和情夫幽會。一說在乳香花叢中，一說在聖櫟樹下。兩種植物的形狀，高矮都迥然不同。長老的謊話被揭穿，蘇珊娜回復清白，兩個惡人，惡有惡報，被判極刑。

說這個故事已具備今日偵探小說的雛形，因為從前的偵探小說，破案往往是靠巧合、線報，沒有解釋的直覺，或神鬼的幫助，像上述故事的講證據、推理的偵探小說是十九世紀才出現的。

現代偵探小說

　　十九世紀以前的偵探小說，嚴格說來都只是罪案小說，因為偏重的是罪案內容的描述。破案的經過，就是有提及，也往往是靠線報、巧合，不能解釋的直覺或鬼神的幫助。十七、十八世紀對偵探小說發展影響較大的作品，有法國皮塔福爾（François Gayot de Pitaval 1673-1743）所輯錄的《有趣及著名的罪案紀錄》（Causes Célèbres et Intéressantes）和英國的《新門日誌──壞分子的血腥實錄》（The Newgate Calenda: The Malefactors' Bloody Register）。這些作品都是罪案的實錄，內容偏重案情的描述，特別是血腥、暴力、譎詭的部分。編者或會加入一些按語，批評案中的壞人，或者插進一些善惡到頭終有報一類的警世通言。敘事大都只是平鋪直述，有時甚至雜亂無章，談不上甚麼技巧，為一般評論者所詬病。內容給人的印象是迎合一般人愛刺激、卑下的品味，嘩眾取寵，而表達手法又沒有可取的地方，所以罪案小說直到十九世紀初還未能登上文學的大雅之堂。

　　十七、十八世紀在歐洲，人稱為理性時代。伽利略的天文學，牛頓的物理學，敞開了通往認識奇妙宇宙的一扇大

門。加上中產階級的興起，民富日增，大眾的求知欲越來越強。當時的科學研究機構，更致力於推廣：辦公開講座，在大眾面前重複科學實驗，誘發公眾的好奇、興趣，尋求他們的支持。就如英國皇家學會，便定期舉辦公開的講座和實驗，介紹科學上的新發現，並以通俗的文字，印成小冊解釋，幫助一般人明白。講推理，重實據，是當時的時代精神。靠線報、巧合、鬼神破案的罪案小說，再也不能滿足大眾的要求了。

今日我們所熟悉的，以觀察、推理解決罪案的偵探小說，誰是第一人呢？很多人以為是福爾摩斯的創造者——柯南道爾（Arthur Ignatius Conan Doyle 1859–1930），這是錯誤的。為現代偵探小說奠下基礎的，一般公認是美國作家愛倫・坡（Edgar Allan Poe 1809–1849）。奇怪的是，雖然文學史論者都以他為現代偵探小說的開路者，愛倫・坡最為人稱道的，叫他在文學圈子中比柯南道爾更負盛名的卻不是偵探小說，而是其他的作品：詩作、驚慄作品，等等。他創造的偵探杜朋（C. Auguste Dupin），為後來不少小說中偵探的楷模，也只在他三篇短篇小說中出現。那他是憑甚麼得享現代偵探小說第一人的頭銜呢？

神探杜朋

　　研究偵探小説的人都認為現代偵探小説，是以愛倫‧坡（Edgar Allan Poe 1809–1849）為創始人。為了紀念他開創之功，美國神秘小説作家協會用他的名字設立了一年一度的埃格‧愛倫‧坡獎，頒予該年度最佳的神秘小説和劇本的作者。

　　愛倫‧坡所創造的偵探，他名叫奧加司德‧杜朋（C. Auguste Dupin）。杜朋只在愛倫‧坡三部短篇小説中出現：《莫爾格街兇殺案》、《瑪利‧羅西之謎》和《被盜的信件》，這三部小説都不是他最受歡迎的作品，那為甚麼他竟然被同行譽為現代偵探小説的開山祖呢？

　　愛倫‧坡筆下的杜朋，出身法國一個顯赫的家族，性情古怪，與世相違。除了書本外，家徒四壁。他的探案，都是由對他十分佩服的房友筆錄下來的。

　　杜朋的破案是單靠他過人的推理能力，他認為很多時候，案件未能偵破，不是線索不夠，只是因為偵查的人缺乏分析和推理能力。在《瑪利‧羅西之謎》裏面，杜朋就只憑報張對案件的報道破案。故事要證明的是：賴以破案的證

據、線索，在報張都完全找得到，杜朋能夠破案，其他人卻仍然茫無頭緒，關鍵在那裏便不言而喻了。

《莫爾格街兇殺案》開始時的一個小故事，讓讀者看到杜朋的推理能力。杜朋和他的房友在街上默默散步，他忽然說：「他的確是個子太小了，到另外一個（較小）的劇院發展，對他可能更適合。」他的朋友當時正在想到飽受劇評人攻擊的某演員，覺得他吃虧在個子小。杜朋竟然可以對他心內所想瞭如指掌，令他大吃一驚。杜朋抽絲剝繭，解釋他是留心觀察朋友對在散步途中所見事物的反應、表情，然後推斷朋友心內所想，就如親自聽到他說出來一樣地清楚。

看到這裏不少讀者會說：這不就是大名鼎鼎福爾摩斯的寫照麼？對的。柯南・道爾創造出來的福爾摩斯就是脫胎於杜朋，接下來的百多年，偵探小說都是以福爾摩斯探案為典範，一般讀者也就以柯南・道爾為近代偵探小說創始人。但其實愛倫・坡筆下的杜朋比福爾摩斯早好幾十年，行家沒有數典忘祖，所以尊愛倫・坡為現代偵探小說開山祖。

青出於藍

很多人只曉得柯南·道爾是以他在醫學院時所遇到的一位老師——約瑟·貝爾（Joseph Bell 1837-1911）為福爾摩斯的典範，卻很少人知道愛倫·坡對福爾摩斯探案小說的影響。

福爾摩斯和愛倫·坡的偵探杜朋的相似，二人都是出身名門（從福爾摩斯哥哥，邁克羅夫特·福爾摩斯〔Mycroft Holmes〕在政府中的地位可以推到），都是性情怪僻、與世為忤，都有過人的分析和推理能力，這且都不說了。重要的是，他敘事的模式也是採取愛倫·坡的，由偵探的朋友助手，記述故事的發生經過。這個模式成了接下來的好幾十年，偵探小說的典範。

現代偵探小說吸引人的地方，是主角有超乎常人的推理能力，能看到一般人忽視的線索，要突出主角這些優點，需要一個常人的觀點和他比較。以主角的助手為故事的敘述者，便充分達到了這個目的。他們兩個人看到同一的場景，知道同樣的訊息，作者先讓讀者看到助手的觀點，追循助手的推理，也就是一般人所接受的觀點、推理，到了大結局，主角提出他的觀點、推理的時候，比對之下，便覺得主角的

優越了。沒有那位助手作敍事人，常人的看法無從提出比對，讀者對主角的欽佩便難免打個折扣。有一個助手身份的敍事者，是現代偵探小說成功的一大原因。以主角的助手為敍事人，是愛倫‧坡開始的。不過柯南‧道爾在這個基礎上，創造了華生——小說裏面最完美的偵探助手——這個角色。青出於藍，更叫這種偵探小說的敍事方法，難出其右。

　　愛倫‧坡筆下，杜朋的助手是沒有姓名的，而且除了敍事，對杜朋讚歎不絕外，沒有怎樣參與故事的發展。華生便完全不同，他積極地和福爾摩斯一同探案，不時，還提出和福爾摩斯不同的看法，充分代表了一般讀者對故事的反應，很能得到讀者的認同、代入。福爾摩斯探案的讀者欣賞的、佩服的是福爾摩斯，但喜歡的、感到親切的卻是華生，這便是柯南‧道爾作品成功的地方。

福爾摩斯和華生

　　柯南‧道爾（Arthur Conan Doyle 1859–1930）創造的歇洛克‧福爾摩斯（Sherlock Holmes），和他的助手約翰‧華生（John Watson）大概是西方文學虛構人物中最著名的兩位了，甚至書中虛構他們的地址貝克街 221B，英國人也特別在貝克街選上一間房子，門口釘上 221B 的門牌作為歇洛克‧福爾摩斯博物館，賺取遊客生意。不過如果不是作者改變初衷，這兩位家傳戶曉偵探夥伴的名字和住址都要和今日的不同，這會不會因此影響小說的流傳，便請讀者自己揣測了。

　　以福爾摩斯為主角的第一本小說《猩紅習作》（A Study of Scarlet）較早的書稿，他們的住址是上貝克街 221B。後來取消了「上」字。這無關宏旨，反正沒有任何一個故事是和他們的住址有關的。書稿中，福爾摩斯的名字不是「歇洛克」而是「舒林福特」（Sherrinford）。這也不太重要，因為無論在書內或讀者心中，大多只稱他的姓「福爾摩斯」，很少叫他的名「歇洛克」的。但他的助手約翰‧華生在早期的書稿內是叫：奧爾門特‧薩卡爾（Ormond Sacker），這個分別可大了。無論姓「薩卡爾」抑名「奧爾門特」，都不是常見的英文

姓名。而華生在福爾摩斯探案中卻是一般人——像你和我的代表。作者用他來突顯福爾摩斯出眾的推理能力，要讀者和他認同。約翰·華生是普通不過的英文名，讀者容易代入。奧爾門特·薩卡爾，這樣陌生的名字，可便難了。缺少一個讀者易於認同、代入的助手，福爾摩斯的故事便遜色多了。太複雜、太不常見的名字，難叫讀者代入、認同。小說人物的名字是不能掉以輕心的，必須和身份相稱。武俠小說中一個店小二，名字叫司徒不悶，對這個人物我們一定有期望，覺得他在故事中應該是個有點份量的角色，如果他就只出現一次，讀者心中便難免有點兒疙瘩了。

　　創造華生這個角色是福爾摩斯偵探小說成功的一大原因，他的造型、性格、查案時扮演的角色，甚至名字，都是經過作者柯南·道爾審慎考慮的。怪不得偵探助手這個角色，成為偵探小說發展中的重要人物。數以萬計的偵探小說，主角定必有個助手，而助手都是以華生為楷模了。

哲學和文學

　　王國維（1877-1927）在他的《靜安文集續編‧自序二》裏面說：「余之性質欲為哲學家，則感情苦多而知力苦寡；欲為詩人，則又苦感情寡而理性多。詩歌乎？哲學乎？他日以何者終吾身所不敢知，抑在二者之間乎？」我想靜安先生寫下這段話的時候，心中所想到的是西方哲學，因為西方哲學大體而言的確是重理輕情。他察覺到哲學和文學間相異的要求，感受到兩者之間不同的牽引力，他彷徨於文哲之間的喟嘆是由衷的。只不過他小看了自己，其實無論在詩歌上，在西洋哲學上，他都有驕人的成就，在過去百多年的中國，實在難作第二人想。因為徘徊文學與哲學之間，對兩者都有難捨的興味、體貼的妙悟，王國維的詩詞往往溶注入西方的哲理，渾然天成，毫無斧鑿之痕，完全看不到有甚麼感情和理知上的齟齬不安。

　　十七世紀西方的大哲學家笛卡兒（René Descartes 1596-1650），發現世上諸事物，都有可疑之處。在他著名的六卷《默想錄》的第一卷，他指出，他現在身穿睡袍，坐在爐火旁邊，手持紙筆，似乎是確切無疑的事實，但焉知這不是夢

境，一覺醒來，才發現原來自己其實是躺在牀上，睡袍、爐火、紙筆，都是虛幻。他希望能找到一些絕無可疑的情事，作為知識的基石。他認為既然事事可疑，疑惑的本身和疑者本人便確實存在，無可懷疑了。懷疑是一種思維活動，所以他說：「我思故我在」（Cogito ergo sum，其實說「我疑故我在」更妥帖）。就是憑這句話，笛卡兒名垂青史。「我思故我在」，在笛卡兒的著述中是一個推理的結論，純粹是知力的產品。

我們現在看看王國維的一首〈鷓鴣天〉：

> 閣道風飄五丈旗，層樓突兀與雲齊，空餘明月連錢列，不照紅葩倒井披。
> 頻摸索，且攀躋。千門萬戶是耶非？人間總是堪疑處，惟有茲疑不可疑。

結束的兩句：「人間總是堪疑處，惟有茲疑不可疑」，不正是用笛卡兒「我思故我在」的推論嗎？王國維醉心西方哲學，自言：「余疲於哲學有日矣」，又豈有未讀過笛卡兒的《默想錄》，不知道他的名言「我思故我在」之理？然而他把西哲這句純知力的結論移入中國的詩歌，道出人世中，我們都嘗過的那種無可奈何的弔詭，沁人心脾，攪人懷抱。不是通悟文哲兩世界的大作手，又怎能做得到？

「人間總是堪疑處，惟有茲疑不可疑」，明顯地是受笛卡兒「我思故我在」的影響。笛卡兒發現宇宙中事事可疑，以之為前提，再前推一步，既然疑惑的存在確鑿無疑，而懷疑

是人心智的活動，所以這活動的主人——也就是疑者的存在
也就無可懷疑了。於是，他認為在事事可疑的迷霧中，已找
到了一個穩固的立足點，重建他理想中秋毫悉辨的知識世界
了。王國維憑他敏銳的文學慧識，體會到這個推論的過程，
肯定了疑幻的真確，無意中呈現了人間世的弔詭、迷離、悵
惘，假作真時真亦假，無為有處有還無，從真實見虛罔，於
可疑處安身。他沒有跨出笛卡兒再前的一步，肯定疑者的存
在，為知識找到一個確切難疑的錨。王國維接受事事堪疑的
迷惘為生命的真諦。「惟有茲疑不可疑」就是描述這種無可奈
何、似曾相識的境界。把一切「可疑」都劃入負面，以理性為
至上的西方哲學，是難以接受「惟有茲疑不可疑」這種無奈的
美麗的。

　　「昔者莊周夢為胡蝶，栩栩然胡蝶也，自喻適志與！不
知周也。俄而覺，則蘧蘧然周也。不知周之夢為胡蝶與，胡
蝶之夢為周與？周與胡蝶，則必有分矣。此之謂物化。」《莊
子．齊物論》，周與？蝶與？為甚麼一定要分辨得一清二楚？
何時夢覺？夢覺後可能還再有一個大覺，於是原來的所謂夢
覺，又只不過是另一大夢中的幻像。宇宙、人生的真相，不
是任何一個殊相，如果硬要尋得，也許就只有全相是真。為
周之時，傾力為周；為蝶之時，盡情為蝶；縱浪大化中，享
受生命中的迷離、奧秘。

　　天眼乍開，從西哲的推理，陡然悟得疑之不可疑這個境
界，王國維又那得不移用之於詩歌？而且一用再用。除了前

述的〈鷓鴣天〉且看他的〈鵲橋仙〉：

> 沉沉戍鼓，蕭蕭廏馬，起視霜華滿地。猛然記得別伊時，正今日郵亭天氣。
>
> 北征車轍，南征歸夢。知是調停無計。人間事事不堪憑，但除卻無憑兩字。

末後兩句：「人間事事不堪憑，但除卻無憑兩字」，不是和「人間總是堪疑處，惟有茲疑不可疑」同出一轍，同一境界？只要貼當、傳神，多用又何妨？

一爿舊書店

　　我第一年（1963年）的留學生活是在加拿大的溫尼泊（Winnipeg）過的。離中國城不遠有一爿舊書店，我第一次踏進那裏，偌大一所店，沒有其他顧客，管店的小伙子，在櫃檯上看他自己的書，旁邊放着一部舊唱機，播送着一位女歌手彈着結他的獨唱，唱的是簡單的民歌：談到愛情、神話、傳說。歌手的聲音、清純、圓潤，伴上絃絃掩抑的結他，直是天造地設，再配上環室皆書，紙香處處，我也忘了看書，就只戇在那裏聽，一時間不知身在何處。

　　最後一首，我記得最清楚，該首是馬帝尼（Martini il Tedesco）所寫的〈愛之喜樂〉（Plaisir d'Amour）。這本來是首古典藝術歌曲，但首兩句：「愛的喜樂只是一瞬之間，它的痛苦卻是一生之久」，旋律太迷人了，所以不少流行曲也抄襲移用，貓王1961年的〈不能自已，墜入愛河〉（Can't Help Falling in Love）便是顯著的一例。這裏的女歌手把曲內較複雜的發展樂段刪掉，只重複開首一段，把它變成了一首簡樸動人的民歌，和原作的韻味不一，各擅勝場，比諸其他的改編，卻是勝出數籌。

　　待得音樂播完，我問管店的唱者是誰，他說是一位剛剛崛起的女歌手：貝艾詩（Joan Beaz）。那時貝艾詩成名不久，我又少接觸美國民歌，從未聽過她的名字，那天是初遇。可是她那充滿魅力的聲音，一下子便深深打進心坎，揮之不去，當日便到唱片店買了那張唱片。貝艾詩在六十年代紅得發紫，和她的一度情郎迪倫（Bob Dylan）堪稱天后、天皇。越戰期間，她是積極的反戰分子，遊行示威，曾因此被捕入獄，她的反戰歌曲風靡年輕的一代。但我卻覺得那些歌曲，憂時傷世，政治色彩濃厚，不及早期的純樸、真摯，扣人心絃，感人肺腑。

　　那次和貝艾詩歌聲的偶遇把我引進了美國民歌的大門，給我以後的生活帶來很多愉快的享受，單單這樣已經足夠叫我感激那爿舊書店了。可是不只如此，那天在該書店我還找到了兩本書，並和兩位深深影響我的哲學家初遇。

沙特

　　沙特（Jean-Paul Sartre 1905–1980）這個名字在今日恐怕認識的人已經不太多了，可是上世紀中葉他是西方哲學界和文學界的紅人，1964 年諾貝爾文學獎的得主（雖然他拒絕接受）。他的存在主義風靡歐美，蔚為時尚，影響既深且廣。可是說來慚愧，我雖然唸的是哲學，但剛進研究院的時候，只聽過沙特的名字，對他的思想毫無認識，第一次接觸他的哲學思想，就是在那個下午，那一爿舊書店。這個初遇是個尷尬的錯誤。

　　躺在陳列的書桌上，是一本封面深藍色、沙特著的《存在與虛無》（L'Etre et le neant，英譯 Being and Nothingness），標價九毛九，一塊錢不到。《存在與虛無》是沙特最重要的哲學著作，書的價錢又相宜，我便把它買下來了。回家翻看，比在學校選修的任何科目更深得我心，很多自己一直想說但又老是說不清楚的話，書裏面都說得既清楚，又滿有說服力。陶淵明說：「偶有所得，便欣然忘食。」我當時的欣悅豈只「忘食」所能形容！幾個月後和一位同學談起，他問我書中的第二部分，有關時間性（Temporality）和超越

性（Transcendence）兩小節是否晦澀難明。我當時感到十分尷尬，只能支吾以對，因為我買的書中並沒有這兩小節。後來到圖書館借了一本，回家一對，才發現買的一本原來是節本。全書本來分四部分：我那本就只是第四部分。雖然書內外其他的地方沒有提到這是節本，但第一頁的書題下卻已經清楚地印上「節本」兩字。我當時很氣，深深惱恨自己的糊塗粗心。然而，後來卻不能不感激錯有錯着。

　　我以後把整本《存在與虛無》看完，覺得最易明白、最得我心、最精彩的就是第四部分。同學說的有關時間性和超越性兩節的確艱澀難懂。如果我不是因錯，先看了第四部分，而是從書的開頭看起，恐怕不到一百頁便中途而廢了，無論如何，到了上述兩節，一定掩卷長嘆，不能卒讀。現在因為先看了結束部分，喜歡了沙特的哲學，看到艱晦之處，還肯堅持。如果不是錯買錯看了那個節本，我大概不會喜歡沙特的思想，也不會愛上存在主義，這可是我的大損失。

韋根司坦

　　除了沙特以外，在同一爿舊書店裏我還第一次接觸到路易‧韋根司坦（Ludwig Wittgenstein 1889-1951）。他是在本書前一部分提到的鋼琴家保羅‧韋根司坦的弟弟。他的音樂天分也很高，吹得一手好的單簧管，曾經一度有意當樂團指揮。後來轉攻哲學，他的語言哲學，發前人所未發，影響深遠，是二十世紀數一數二的著名哲學家。可是，我孤陋寡聞，就像對沙特一樣，當時對他一無所知。

　　躺在沙特《存在與虛無》的旁邊是薄薄的一本《路易‧韋根司坦——紀念集》。我順手翻來看到下面的一段：「四月廿七日（1951）下午〔韋根司坦〕還出外散步，可是當晚病情便急劇轉壞。他一直神智清醒。醫生告訴他大概只能多活幾天。他說：『很好。』昏迷前他對房東說：『告訴他們我有個快樂、豐盛的一生。』『他們』，毫無疑問指的是他的朋友。」一個和死亡面對面的時候能夠說：「我有個快樂、豐盛的一生」的人，又怎能不一讀他的生平？我就把這「紀念集」買下來了。這本小書，講述韋根司坦這個人多，討論他的哲學少，讀畢全書我被韋根司坦這個人物牢牢吸引。

　　韋根司坦是奧地利亞人，出身大富之家，本來是學習航空工程的，1911 年到英國曼徹斯達研究飛機噴射推進器的設計。那時，飛機剛發明不久（萊特兄弟〔Wright Brothers〕設計的飛機，在 1903 年成功飛翔，是歷史上的首次），他已經參與這樣尖端的研究，可見他在這方面是有過人的才華的。因為他的研究和數學有很大的關係，他的興趣漸漸轉移到數學，開始認真探究數學的基礎。當時英哲羅素（Bertrand Russell 1872-1970）是這方面研究的巨擘。他和懷德海（A. N. Whitehead 1861-1947）合著的傑作：三大冊的《數學原理》（*Principia Mathematica*）首兩冊在 1910、1912 年 剛剛出版。韋根司坦，在 1912 年便轉到劍橋跟羅素學習，也就走進了哲學研究的大門。下面是羅素講述有關韋根司坦的故事：

　　　　在我認識的人當中，韋根司坦也許是傳統中天才的完美典範：熱情投入，見解深邃，嚴謹認真，有震懾的魅力。他有一種清純，除了摩爾（G.E. Moore 1873-1958，另一位英國哲學家），我未在其他人身上見到過。……他在劍橋一個學期，學期結束前走來見我說：「你覺得我是不是個絕對的白癡呢？」我說：「你為甚麼這樣問呢？」他說：「因為如果我是，我便回去再唸航空工程，如果不是，我想當個哲學家。」我對他說：「朋友，我不曉得你是不是絕對的白癡。如果你回去，利用假期，選一個你有興趣，和哲學有

關的題目，寫篇文章給我看看，我便會告訴你。」他真的這樣做。第二個學期一開課，便給我送來一篇他寫的文章。我只看了一句，就確定他是一位天才，勸他無論如何不要再回去唸航空工程。

這樣的人你說可愛不可愛？

因為被韋根司坦這個人吸引，便在圖書館借了他的書來看，也被他的思想迷住了。他的哲學和沙特存在主義的吸引迥然不同，沙特的存在主義很多都說進了自己的心坎——都於我心有戚戚然，是自己要說卻又老是說不清的話。韋根司坦的哲學卻是從來未曾想到過的。可是仔細想想，又都是言之成理，持之有故。韋根司坦說過：「被哲學問題困擾的人往往就像人被困在屋子裏。想出去，找不到出口。要想從窗子鑽出去，窗太高，攀不到；從煙囪爬出去，煙囪太窄，擠不過。其實他只要回頭一望，屋子的大門原是一直敞開的。」在很多問題上，他為我指出了一扇敞開的門。

一個下午，一爿舊書店，一個偶然，我欣賞到 Joan Baez 的歌曲；愛上了存在主義的思想；認識了韋根司坦的哲學，實在是個異數。我一生中，再沒有比這個收穫更大的下午，也再沒有一爿比這個更難忘的舊書店了。

周策縱老師

　　周策縱教授是我的博士論文的指導老師。他前幾年以過九十高齡辭世，他的好友和學生決定把他的文章結集出版。得香港浸會大學陳致教授力主其事，最近文集的校樣已出。陳教授來函囑咐複校其中數篇文稿，我欣然從命。在核校過程中，勾起我對老師很多的憶念。

　　文集收有寫於上世紀八十年代，〈對最古的藥酒壺之發現——滿城漢墓出土錯金銀鳥蟲書銅壺銘文考釋〉一文。據老師的自述：「一九六八年河北滿城西漢中山靖王墓出土金縷玉衣，哄動於世。然同墓所出錯金銀鳥蟲書銅壺 一對，精美絕倫，銘文有詩二首。其在美術與社會史上之意義，實不下金縷玉衣，〔惜〕未為世所重。前年甲壺在美展覽，余偶得一覩，曾撰文……指出此實為盛藥酒之壺。」

　　記得老師文章脫稿的前後，我兩次因事到他家，他都把我留住，詳細地跟我論述他對銅壺的看法和支持的理據，歷四、五小時不休。古代鳥蟲書字體詭異難辨，看上去好像只是壺身的花紋，老師不厭其煩，逐字參定，直至壺蓋、壺身上的銘文全部鑑辨清楚。遇到其中有字於義難明者，則又旁

徵博引其他古籍為佐證，確認其義。但我印象最深的不是老師對銅壺意義的探得，而是他對新鮮事物的興趣和好奇，索求答案的嚴肅與認真，尋得結果後忘形的驚喜。老師有一首與友人論紅學研究的七律：

> 傳真搜夢發幽微，擲筆堪驚是或非。
> 百世賞心風雨後，十年磨血薜蘿依。
> 前邨水出喧魚樂，野浦雲留待雁歸。
> 且與先期會瀛海，論紅同絕幾千韋。

　　詩談的雖然是紅學研究，但尋真搜夢的樂而不疲，探發幽微的鍥而不捨，取得成果後的賞心驚歎，在對漢銅壺的研究和其他學術的探求上，老師的態度莫不如此——就像一個小孩子第一次獲得一件心愛的玩具，參與一個有趣的遊戲一樣。在我認識的前輩學人中，周老師在這些方面是最「年青」的一位，這是他最可愛、最叫人難忘的地方。我近日看了一本英文的好書：*The Age of Wonder*，"Wonder"這個字在這裏不容易譯，勉強翻為「驚異」吧。周老師在學術研究上從來未曾失掉過 the sense of wonder，這是他的學生最應該向他學，卻又最難學得到的事。

驚異的年代

最近讀到一本《紐約時報》推薦 2009 年十本好書之一的：*The Age of Wonder*（在這裏譯為：《驚異的年代》），作者是 Richard Holms。

"Wonder"這個字不好譯。誘發求知的好奇，提升境界的妙悟，打破心靈桎梏的驚異，看到宇宙浩瀚的畏敬……這種種意思，全都涵括在"wonder"這個字的意義裏面。

《驚異的年代》作者透過十八世紀末、十九世紀初三位英國學者：約瑟·班克斯（Joseph Banks 1743-1820）、威廉·赫歇爾（William Herschel 1738-1822）、堪富利·戴維（Humphry Davy 1778-1829）的生平，向讀者陳述當年歐洲科學急劇蓬勃的發展和為社會帶來的衝擊與震撼。

班克斯是植物學家，曾參與柯克船長（Captain James Cook 1728-1779）第一次環遊世界之旅。那次的航行，特別是在南太平洋的經驗，叫他眼界大開。在他當皇家學會會長的四十一年間（1778-1819），以私人或學會的名義支持科學研究，異地探險（如：非洲、北極等）不遺餘力。

赫歇爾祖籍德國，本來的職業是音樂，是一位出色的

雙簧管和風琴演奏家，在作曲上也薄有微名。可是他對天文學，情有獨鍾，在他的妹妹協助下，每天晚上用他自己製造的巨形望遠鏡，仰觀天象，孜孜不倦。1781 年發現了太陽系第七顆行星：天皇星（Uranus）。其實，當時所知地球外的其他五顆行星，用肉眼都可以看得到，所以天皇星可算第一顆被「發現」的行星。赫歇爾因此聲名鵲起，在天文學界一時無兩。

戴維是化學家，發現了很多化學元素：鉀、鈉、鎂、碘等。對氣體的研究貢獻尤多。他往往用自己為試驗品，測試不同氣體對人體的影響。雖然實驗多在助手監察下進行，也仍然有好幾次差點兒便賠上了生命。他生平最受人稱頌的就是發明了專供礦場使用的「戴維燈」。當時還未有電燈，照明工具都是有火焰的，而礦場內很多易燃的氣體，因此常發生火災、爆炸，英國每年喪生的礦工數以千計。他設計了一種安全燈，雖然仍是靠火發光，但在充滿易燃氣體的地方也不會引發火警。難得的是他不謀己利，拒絕為戴維燈申請專利，令產品可以大量廉價出產，造福社會。

但這本書引人入勝的地方不只是作者能以活潑的筆觸，簡易的文字（不是充滿專有科學名詞），生動地敍述這三位科學家的事蹟。重要的是他把這三個人對自然界、對科學好奇的探求，以及他們的發現與發明，和怎樣為時人展開了一個奇妙的宇宙，傳達給我們，讓我們也感染得這種驚異的振奮。

懸殊

　　忘記了是誰說的:「第一次的好奇誕生於無知,後來的好奇卻敞開了通往奇妙的大門。」十八、十九世紀交替的四、五十年,歐洲科學驚人的發展,有人稱之為伽利略和牛頓後的「第二次科學革命」。對鄉土以外的異域、遍滿穹蒼的繁星、奧妙難解的自然現象,這種種的無知,激發了一小群學人好奇的探索,開出了,最初不過是條崎嶇小徑,逐漸卻變成一道通衢,引向一個令人訝異、畏敬、驚歎的知識世界。

　　小群學人的研究成果並不足以帶動這第二次的科學革命。在此之前,中世紀歐洲的政治,經濟都是操控於貴族或教會之手。諸凡文學、音樂、藝術、科學等活動,得賴教廷或王公的支持。自從中產階級抬頭,社會漸趨民主富有,學術發展的助力就再不能脫離群眾,單靠特權階級了。然而群眾不會支持他們不明白、沒有興趣的事物。所以,當時的科學研究機構,還致力於推廣:辦公開講座,在大眾面前重複科學實驗,誘發公眾的好奇、興趣,尋求他們的支持。這是十八、十九世紀間科研蓬勃、成果昭彰的一個重要因素。就如英國的皇家學會,便定期舉辦講座和實驗,邀請社會人士

出席，同時以通俗的文字，介紹這些新試驗、新發現，印成小冊，幫助一般人明白。歐陸諸國的科學界，莫不有相若的活動。化學史上的里程碑：水是由一種可燃氣體——氫和氧合成的，就是在法國化學家，拉瓦錫（Antoine Lavoisier 1743-1794）的公開實驗下被確認的。

今日的社會比當時更民主、更富足。學術的進步，更有賴大眾的支持，然而，今日普通人的知識，較諸專家學者卻是「相去日已遠」，懸殊程度比三四百年前要大得多。這大幅度知識上的差距，成了學術進步的障礙。因為所知太少，一般大眾自然也缺乏支持學術研究的興趣，這還是小事；但因此而對學術上的新理論、研究的新方向、學者的新探索，心存猜忌、懷疑，害處可便大了。從今日美國人民對太空探索的冷淡，對核能、幹細胞研究、遺傳工程的猜疑，便可見一斑。雖然民眾這些疑忌不少是因為自私的政客或其他別有用心的人士，點火煽風造成的，但普羅大眾和專業人士之間知識的懸殊，也是不能忽視的原因，必須正視的現象。

今日普羅大眾和專業人士知識上的懸殊成了學術進步的障礙。從前，學術機構還會花時間作一些推廣的工作，現在肯為學術普及下工夫的機構，可真是鳳毛麟角。「鳳毛麟角」不單言其罕有，也同時指出這些工作的可貴。

普及的工作並不容易。十七世紀至十九世紀中葉的科學，就是最尖端的，對受過一般教育的人而言並不太難了解。以牛頓的物理學為例：牛頓的發現是石破天驚。他的理

論，我們不是專攻物理的，雖然不能明白得徹底，但透過簡單的實驗，無論聲，光、熱、力學的基本原理，我們都可以看到它的證明，了解它的梗概。

再看看化學方面，在那二、三百年間，科學家打破了西方數千年來一直接受：風、火、水、土，為四種基本，再沒有合成部分的物質元素，指出水是由氫和氧兩種氣體合成，而火是物體氧化的現象，並不是一種獨立的物質。這在當時實在是匪夷所思，和直覺所得的「常識」大相逕庭。可是透過實驗，一般人親眼看到水被分解，氧是燃燒所必不可少的元素，也就不能不心悅誠服，接受科學的發現。

現代的科學較諸當年便大大不同了。相對論、量子力學，就是在大學專修物理的畢業生，也有不少只是似懂非懂。受過中學以上教育的一般大眾，更是丈八金剛，摸不着頭腦，就是要想找把梯子，爬上去摸摸，也不曉得哪裏找得到這樣的一把梯。十八、十九世紀的公開科學實驗，讓大眾體驗新發現的信實可靠，今日是辦不到的。再以物理為例，直至百多年前，物理學所研究的，大半都是日常經驗世界中的現象。愛因斯坦的相對論卻是關乎大距離：星際間的距離，高速度：接近光速的速度；量子力學是針對極細的空間，在原子（甚至原子核）裏面的空間所發生的現象。這極大和極小都不在我們日常經驗之內，必須透過精密的儀器才觀察得到，而所觀察到的，往往只是儀器所呈示，普羅大眾不會明白的，一系列的數字、曲線。因此，科學在大眾的心目

中逐漸變成神秘難解。於是有視之如魔術，半信半疑；有視之如宗教，不求理解，篤信權威。這兩種態度都是不健康的。

　　這裏指出科普工作的困難不是要我們放棄，而是希望我們能多加重視，多放資源。今日的科普工作，夠資格的人往往不屑為之，因為不受重視。千辛萬苦寫成一篇一般可讀的介紹文章，行內人固然嗤之以鼻，就是主管教育的，往往也覺得浪費時間，不及專精研究來得正經。專普之間的鴻溝越來越深，越來越闊，能不憂哉？！

四

尋壑經丘

初見

　　第一次見加拿大的路薏絲湖（Lake Louise）已是二十多三十年前了。去的時候是八月旅遊旺季，近湖的停車場已擠得滿滿，好不容易才在較遠的車場停妥了車，走了差不多十分鐘路，那天陽光燦爛，天氣炎熱，到得湖邊已是渾身大汗。湖靠近旅店的一端都是遊人，熙熙攘攘，恍如鬧市。可是只向路薏絲湖瞧一眼，「眼前一亮」是行文的俗套，可卻正正是當時的感受，沒有更貼切的形容了。

　　一泓湖水，是女媧煉石補天把剩下未用的碾碎成粉，溶進裏面？哪裏會水天一色，澄藍得就像蓋在上面的晴空？兩旁鬱綠的林幛，把視線導引到湖的另一端那皓白冰川的卷軸。冰川給人一貫的印象是凝固了的洶湧，屏息的滔滔；而這裏的一簾卻是蘊藏的活潑，含蓄的娟秀。在這藍、綠、白光影的交錯中，周遭的喧囂，天氣的煩熱，都向四方淡出，消退無蹤。突然間，感到萬籟俱寂、清泉灌頂那種神妙的寧謐、舒暢。

　　另一次難忘的初見也是十多年前的事。那年暑假，和太太到瑞士旅行，其中一站是馬特漢峰（Matterhorn）下的小鎮

策馬特（Zermatt）。導遊告訴我們，在策馬特訂下的旅舍很好，只有兩三間屋子看不到馬特漢峰。其他的屋子，名峰就在窗前。到達策馬特已是傍晚，安頓下來，往窗外望去，只見一片灰暗的天空，馬特漢峰影子也看不到。我們還以為運氣不好，被安排到那少數看不到山的屋子去了。

第二天早晨，打開窗帘，馬特漢峰屹立眼前，近在咫尺，在晨光下，好不軒昂威猛，整個山峰就像要壓進屋裏來的樣子。這個突然的驚愕，害得我幾乎把手裏的杯子掉到地下去了。在策馬特留了兩天，才曉得原來山色變化是如此地奇幻莫測，偌大的一座山峰，三兩分鐘內，在山嵐谷雨、朝雲暮靄中便可以消失得無影無蹤，或者只讓你看到它要你看到的半邊一角，隨着日影的移徙、岩壑的陰晴，展示它不同的肌理、面貌。

在我長長短短的旅遊中，未嘗沒有見過一如路薏絲清麗的湖泊，奇偉與馬特漢無異的峰嶺。然而那刹那間的機緣，我和它們的初見，卻是無法忘懷的經驗。

再談初見

　　四十多年前我在美國紐約州一所私立大學任教。一年暑假校方向政府申請到一筆獎學金，把任教「世界研究」一科的十六個教員送到埃及去，由埃及官方安排，考察，上課，研究古埃及文化六星期。「世界文化」是我們大學學生必修的四年課程，古今中外都涉及。任教的同事除了主講自己熟悉的範疇外，還得帶領兩小組學生每周的討論。我也有任教該科，負責主講中國古文化部分，所以在那十六人之內，一起到埃及去。

　　埃及的文物古蹟最著名的就是被列為世界七大奇蹟之一的金字塔。據說拿破崙到埃及，在一望無際的沙漠中，陡然看到三座巍然矗立的人造山丘，驚歎不已。我們是到開羅後四五天才安排去看金字塔，這個初見，十分失望。

　　我們是從開羅市區出發，走了一段路，嚮導說前面的左方，大家可以看到金字塔了。果然左前方遠處就是那三座金字塔，可是隔着的是建築物林立的市區，不少是新建成的，雖然不是摩天大廈，但也該有十多層，金字塔的氣魄便失掉了它的震撼了，和未見前想像中的恢宏，真有雲泥之別。

初見金字塔的失望，兩三星期後在南部的樂蜀（Luxor）得到彌補。

樂蜀在埃及中南部，尼羅河的東岸，它的對岸就是古陵墓最多的帝皇谷了。著名卡納克神廟（Karnak Temple）就是在那裏。卡納克神廟始建於公元前一千五百年左右，距今已經近四千年了。經歷了約三十位法老的經營，在它的全盛時期，覆蓋四十公頃，規模的宏大壯麗，舉世無雙。現在雖然已差不多全毀，但從仍然存在的進口門牆，夾着門前通道排列整齊的兩行獅身人面像，和剩下恍如柱林一樣的百多棟的巨大石柱，當年的氣象是不難想見的。

到樂蜀，已是傍晚，主方的安排是翌日才參觀神廟。我們幾個同事急不及待僱了一輛馬車，到卡納克的外圍逛逛。那天晚上，只有三分一的殘月，沒有滿月的輝煌，也不是如鈎的神秘，卻是一種破落的悽愴，配起地面頹敗的殿宇，顯得份外的荒涼詭異。這是個非常難忘的初見。

帝皇谷

　　樂蜀（Loxor）的對岸就是埃及著名的帝皇谷。所以稱為帝皇谷是因為公元前 1500 年到公元前 1000 年的五百年間，埃及法老的陵墓都在這區興建，現在發現的已有六十三座。舉世聞名的圖坦卡門（Tutankamun，簡稱King Tut）的墓便是其中一座。

　　古埃及人認為人在世日子短暫，離開世界後才是永久，所以很用心的準備「身後事」。法老從登基的日子開始便經營陵墓，在位越久陵墓的規模越大，陪葬器物越繁富。圖坦卡門登基時不過八九歲，在位只有十年左右便猝然去世，因此後事並未準備得妥當。他的陵墓是我參觀過之中最小的一個。據說發現的時候，所有陪葬品並沒有陳列整齊，都只是堆放在墓內的一所屋子裏面，我估計屋子大概只有千多、兩千平方呎。這個陵墓的發現在當時所以轟動世界，最主要的原因是：陵墓三千多年來未曾有盜墓人進去過，陪葬的器物沒有人碰過，一件不缺。這些珍貴的陪葬物現今在開羅博物館陳列，也曾一度環球展出，所到之處，都哄動一時。就是這小小一座陵墓藏有的寶貝已是目不暇給，單是圖坦卡門的

金面罩，精美細緻，栩栩如生，令人歎為觀止。名法老宏大
得多的陵墓，要不是早給盜墓人偷得一乾二淨，所藏器物的
豐富珍貴，實在難以想像。

　　有以為這些苦心經營的帝皇墓塚，普通村野小民，沒受
教育，又缺乏器材，怎可以進到墓內，偷出這眾多寶貝呢？

　　我們在帝皇谷參觀另一座小陵墓，挖進山崗裏面足足
有百多二百尺深。進墓的通道相當迂迴，陽光進不去，也沒
有電燈。參觀的理由是裏面的壁畫，因為遊人少，保存得很
好，可以讓我們看到古埃及服飾、殿宇艷麗的色彩。嚮導和
守墓人說了幾句話，守墓人拍一拍手，走過來五、六個十歲
未到的村童，有持破鏡片的，有持金屬糖果餅乾箱蓋的，或
站在墓外，或走進墓內通道「戰略性」的位置，用持有的鏡
片、箱蓋，把陽光曲曲折折，反射又反射，引進墓內，整個
墓穴霎時間就像扭開了電燈一樣的明亮。不要輕看這些野
民，他們拙樸的智慧往往可以使你瞠目結舌、驚訝不已的。

米開安哲羅

米開安哲羅（Michelangelo 1475–1564）的創作，無論雕塑、繪畫、建築，都是人類文化的瑰寶。他最為人知的作品應數：大衛像、梵蒂岡西斯廷教堂（Sistine Chaple）天花板上的壁畫，以及羅馬聖彼得教堂的圓拱建築。

大衛像，行內，行外，有口皆碑，沒有任何負面的意見。加上有說鑿成這個超過十三呎高塑像的大理石，原本是有瑕疵的，當時的名雕塑家都不敢用它為塑料，更增添了大衛像的魅力。西斯廷教堂天花板的壁畫，是米開安哲羅花了四年多的時間繪成的。他本來不喜歡繪畫，認為繪畫在平面上給觀者做出立體的感覺，不真實，有欺騙成分，不如雕塑的誠樸。幸好他放下這個看法，接受繪畫西斯廷教堂天花板的工作，否則人類藝術文化的損失可真大了。聖彼得教堂的圓頂，雖然在他逝世後才完成，但設計是他的。以後三四百年，歐洲圓頂的建築物，幾乎沒有一座的設計不是受它影響的。這三件傑作我都見過，但震撼我魂魄的作品卻不是這三件。

1999 年，我們旅行到意大利的翡冷翠（Florence），參觀

當地的學院展覽館（Galleria dell'Academia）。本來為的是看大衛像（大衛像本來是在戶外的，自從受到一個精神病患者的破壞，便移到這裏戶內來了），進館以後卻被米開安哲羅四尊未完成的雕像懾住了。

這四尊都是奴僕，也就是小人物的塑像，是始終未曾建成的教皇尤里烏斯二世（Julius II）墓塚的一部分。這四尊像，都只完成了一部分：上半身、下半身、前半身或後半身。精彩處是每個人物都好像是奮力要從石的捆鎖中解放出來。只有下半身的，就像把石衣拼命向上扯脫；只有上半身的，就像從牢牢吸啜着的泥淖中掙扎爬起。米開安哲羅說過，他要鑿出的人像、物像，其實已經藏在選用的石料中，他只是把這些像從大理石的樊籠中釋放出來而已，這四尊人像活活的體現了他這個說法。在他的鬼斧神工下，就是未完成石像中沒有被碰過的部分，也都活過來，成為石像要掙脫的囚牢、枷鎖。

從這四尊未完成的奴僕像，我深深體悟到米開安哲羅藝術的偉大。

憂傷的馬利亞

耶穌的母親馬利亞，哀傷地抱着耶穌的屍體是常見的基督教藝術，特別是雕塑的題材。這個題材有自己的稱謂：Pieta（意大利文，和英文的 pity 同義），就是哀憫的意思，也有抱着耶穌屍身的不是馬利亞，而是另有其人，但也算是Pieta 一類了，在這裏就稱它為哀憫藝術吧。

羅馬聖彼得大教堂進門的右邊是米開安哲羅著名的塑像：憂傷的馬利亞。這大概是最為人知的哀憫作品了。這個作品是米開安哲羅的少作，整個塑像雕工細緻，馬利亞的衣服，耶穌下身的裹布，雖然是石雕，看上去就像真布一樣的柔軟。馬利亞看上去很年輕，似乎比她抱着的耶穌還要年輕，據米開安哲羅的解釋，馬利亞是純潔的代表，純潔是不老的。也許當時的天主教廷認為馬利亞既是聖母，一切都應該是最美、最好，米開安哲羅出道不久，未敢違眾獨異，所以塑像面容端麗，可是看不到憂傷。這是我不十分喜歡這個塑像的原因。

米開安哲羅共有四個哀憫作品，除上述那個外，一個存放在米蘭，我未看過。另兩個在翡冷翠。其中一個扶着耶

穌的是個男人，有説是曾向耶穌問道的尼哥底母，有説是讓出自己墳墓安葬耶穌屍體的約瑟，還有未能辨認的其他兩個人。我覺得這個塑像太繁複，不及其他的簡單有力。另一個存放在翡冷翠學院展覽館，還未百分百完成。有説這不是米開安哲羅雕的，但今日一般看法均承認它是真品，只是可能有後人試圖把塑像完成加過了工。

　　無論真偽，在學院展覽館的那一個是我最喜歡的。塑像中死去的耶穌並不是躺在馬利亞的懷裏，而是倚在她的身上，像剛從十字架上被拿下來，給馬利亞攙扶着似的。旁邊還有另一個攙扶的人，應該是抹大拉的馬利亞。塑像沒有在聖彼得教堂的那尊細緻，和聖彼得教堂那尊比較，有似意筆和工筆之別，可是耶穌軟弱乏力的身體，很傳神地呈現了十架酷刑對人的摧殘；馬利亞憔悴的臉容和體態，充分表現出一個體悟兒子犧牲的母親的尊嚴和哀傷。第一次看到這個塑像，令我無比的震撼、感動。

　　得見這尊哀憫之作，和上文跟各位談過那四尊未完成的奴僕雕像，是我翡冷翠之遊最大的收穫。

山

　　最近和幾位老友參加旅行團到美國西部幾個國家公園走了一趟。帶團的導遊是位東北姑娘，名字挺特別，電腦的字庫沒有這個字，是兩個「山」字並排，她說是唸中文系的祖父給她起的。回來一查《說文解字》，字的意思是：二山也，但闕讀音；根據《漢語大辭典》，字義和《說文》一樣，音「深」。她說沒有碰到過幾個人懂得她名字的正確讀音，有唸為「並」，有唸成「出」。唸「並」還有點道理，因為「並」的古寫是兩個「立」字並列，有點形似，而字義二山，也有並立之意，可算義近。唸「出」，則恐怕是基於一個常見的誤會，以為「出」字從「山」，有一山還比一山高的意思。其實「出」字是象草木滋生，引伸為生長之義，和山扯不上任何關係。

　　導遊的名字很配合這次旅遊的行程。我們所到的著名風景區：大堤頓（Grand Teton）、黃石公園、大峽谷、優山美地（Yosemite 的中譯），都是山景。有以為山景遜於海景，洋海波濤起伏，變化萬千，而山嶺卻是僵硬凝固，所謂不動如山，似乎不免單調。其實不然，隨着天氣的陰晴，季節的寒暖，峰壑的面貌、色彩，姿態無窮，較諸海洋，各擅勝場，

甚至有過之而無不及，說海景勝於山景，非識者之語也。

　　二十多年前隨團到瑞士旅遊，有幾天住在阿爾卑斯山著名的馬特洪峰（Matterhorn）下的山城采爾馬特（Zermatt）。入住旅舍前，領隊說團友住的房間百分之九十可以看到馬特洪峰。可是進到安排的房間，推窗外望，看到的只是一片灰茫茫的天空，惟有怨自己運氣不好，被安排到看不見山峰那百分之十的屋子。那料翌日起牀，拉開窗帘，不見了灰色的天空，在朝陽下，偌大一座馬特洪峰赫然就在眼前咫尺，盡佔視野，也不知它昨日藏身哪裏去的，無影無蹤。接下來幾天，馬特洪峰就像跟我們捉迷藏似的，時隱時現，若隱若現。出現的時候，隨着晴雨晨昏，面貌不同，神韻殊趣，姿彩迥異，我才第一次真正體會到：「山色有無中」，「陰晴眾壑殊」，「白雲回望合，青靄入看無」詩句的帖當傳神。猛然察覺這都是王維的名句。只有這位晚年好靜，閉關嵩下，端居不出戶，滿目望雲山，既懂山、又愛山的詩人，才能寫出如此曲盡其妙的詠山佳句。

黃石公園

　　美西之遊，主要探訪的是幾個國家公園：黃石、大峽谷和優山美地（Yosemite 美麗的中譯）。黃石公園是美國，不，全世界成立的第一個國家公園：由國家立法，圈定一個風景奇麗的區域，區內地土不容私人擁有，一切動植物禁止獵殺、砍伐，保持原始自然風貌，供人遊覽觀賞。曾經參與探勘黃石地區，建議把該區定為國家公園的發起人海頓（Ferdinand Hayden 1829–1887）説得好：「如果政府不保護黃石，唯利是圖的人，不出一年，便會把這自然界千百萬年才構成的美景完全破壞，萬劫不復。這些天然奇偉的山水，應該讓所有人都可以享受。」經他鍥而不捨的努力，政府終於在 1872 年把黃石訂為國家公園。

　　人對自然環境不懂得珍惜。有時並不是為了圖利，而是疏忽大意，白白浪費，破壞了自然資源。我在香港長大，海是香港的重要資源，商港的地位，旅遊的熱點，無不和海有關，就是居民生活的素質，也因海而提升不少。我小時很喜歡到海濱散步。遠眺港外水天交接，聽着拍岸微波的節奏，享受拂鬢的海風，在煩囂的生活，酷熱的天氣中，帶來一

股清涼的平和，怪不得像我一樣愛到海旁漫步的港人為數不少。可是，今日除了郊區，就只有九龍尖東，香港鯉景灣，加起來不過三、五哩的瀕海地域，行人可以在那裏散散步，享受這環島皆是的自然資源。其他的地方，因為城市規劃者掉以輕心，被高樓大廈或快速公路割開，「海」人永隔了。

在政府的保護下，今日在黃石公園仍然可看到聯群結隊的犎牛（bison）、奔躍自如的麋鹿、漫山遍谷的青松、清澈透明的池澗，還有不能不提的間歇泉（Geyser）。原來黃石公園位處火山區，地下不深處依然熾熱。地面的水沁流下去，受熱化成蒸氣，不時便從地面的縫隙噴出，就成了所謂間歇泉。世界上間歇泉不多見，超過一半在黃石。黃石的間歇泉，著名的首數「老忠實」（Old Faithful）噴泉。所以得名，因為一般間歇泉噴發的時間無定，而「老忠實」卻是約九十分鐘便噴發一次，水柱高達一百三四十呎，遊人可以按時到泉旁圍觀，它絕不會失約。

黃石不止值得一遊，而是起碼數遊，如果能夠自己驅車前往，在園內少住數天，按圖索驥，遍遊園內著名勝景，便更理想了。

優山美地

　　我第一次聽到優山美地（Yosemite）的名字已經是好幾十年前的事了。來美的首年，研究院一位從加州來的中國同學，對這個位於三藩市和洛杉磯中間的國家公園的風景讚不絕口，到外面甚麼地方遊玩，都過不得他的法眼，總是這麼一句：「和優山美地差得太遠了。」所以早就有意到那裏看看，可是晃眼間已經差不多半個世紀，還是緣慳一面。這次美西之遊，便刻意選擇參加一個行程包括優山美地的旅行團，要一睹這艷名遠播的國家公園的廬山真面目。

　　進入優山美地範圍，旅遊車沿着出山的泉澗逆流而上。澗流水勢頗大，寬廣處，溪水晶瑩清澈，河床臥石，歷歷可數；狹隘處，澗水不甘被兩旁嶙峋怪石縛束，翻滾吼號，竄闖奔騰，把流水激成一片乳白。套改王維詩句，正是：「澗聲嘯危石，水色漂奔流。」

　　旅遊車停第一個觀景站是「錦帶瀑」（Ribbon Fall），隔着公路，一箭之遙就是攀岩者既愛又畏，陡然拔起三千呎，與地面幾成直角，岩面猶如刀削，一度曾被認為不可攀登，號稱「酋長」（El Capitan）的花崗岩。水和岩，是優山美地優美

的要素；裏面的勝景，都是水和岩的變奏。

　　岩，野獷豪健，是陽剛的代表。以「酋長岩」為例吧，雄赳赳，桀傲昂首，展示渾身肌理，威懾八方；水卻是宛約溫馴，是陰柔的象徵。「錦帶瀑」，仰視不見其源，恍如從天下傾，一瀉千尺，窈窕婀娜，隨着山形風勢，搖曳婆娑。岩和水剛柔輝映，相輔相成。

　　從「錦帶瀑」前行不數里便抵達公園著名的勝景：「優山美地飛瀑」（Yosemite Fall）。這裏又另有一番不同的景趣。飛瀑位於較敞闊的谷地，沒有崇巖偉石對峙，可是岩藏水中，水岩渾然一體。瀑布高二千餘尺，居全園之冠。但不像「錦帶瀑」一瀉無遺，中間被懸岩巨石截成三疊，分而復合，曲折崎嶇，水珠四濺，谷中森森綠的樹色似乎都溶到那水氣中去了，瀑布四周就籠罩在這難以形容的一片迷濛異彩之中。徐志摩把今稱佛羅倫斯（Florence）的名城，據意大利音，譯成漂亮的「翡冷翠」。可惜我兩次造訪，都是仲夏，遊人如鯽，雄踞城中的大教堂又是火紅色的房頂，和翠冷很不相襯。如果把「冷翠」移來描寫「優山美地飛瀑」那種冷然的蒼綠，卻是曲盡其妙，栩栩傳神。

　　優山美地確是名實相符，有生之年還得再去幾次。

初見雪

　　我生長在香港。大學畢業前從來未見過雪。對未見過的東西當然好奇，再加上在電影、書刊看到不少美麗的雪景，所以一直就嚮往廁身這個晶瑩銀白的琉璃世界。大學畢業的第一年，我有機會到加拿大中部，位於威尼柏城（Winnepeg）的曼尼圖巴（Manitoba）州立大學升學。查查資料，曼尼圖巴天氣嚴寒，看到雪，絕對不成問題。但萬萬沒想到我第一次見雪，竟然是歷史上難忘的一個大日子。

　　到達威尼柏，已經接近中秋了。在離學校約二十分鐘車程，鄰近公園的一條小街道，找到了居住的地方。房東是一位六十歲左右的婦人，孩子剛在別處找到工作，搬了出去，便把空了的房間租給我。她對我很好，從她那裏學到很多怎樣照顧自己的功課。她烤了些糕點，或者燒了些好菜，總會放一盤在我房外的小几，又怕騷擾我學習，輕輕敲敲門，便靜悄悄地離去。她曉得我殷切地期望下雪，常常對我說：「快了，快了，到時恐怕你要嫌下得太多呢。」

　　日子很快地過去，轉眼便是初冬了。公園裏的樹，葉子從暗綠變鵝黃，再轉成奪目的艷紅，然後一夜北風，全都落

了下來，為園子蓋上了一塊紅黃斑斕的地氈。早上出門，呼吸都成了可見的薄霧，把眼鏡弄得模糊不清。然而總看不到天上掉下來白色的東西。

星期五沒有課，我總是一早到圖書館看書。那天出門，天色一片鉛灰。房東說：「今天定必下雪，你應該得償所願了。」果然，剛過中午，便下起雪來了，不是很密，但一小時不到地上已全都白了。我也無心看書，準備回家到附近的公園賞雪，或者堆有生以來的第一個雪人。下車回家的路上，雪踏在腳底下那種不軟還硬的感覺，雪花拂面的那種的濕冷，都是使人興奮的新鮮。走到家門，還未來得及掏出門匙，房東已經把門打開，臉色凝重，劈頭一句：「你可知道誰是甘迺迪？」「美國總統？」「他死了，在達拉斯給人槍殺了。」

那是一九六三年十一月二十二日，星期五，美國總統甘迺迪遇刺，我第一次見到雪。

難忘的雪

最近聽到比利時小提琴家兼作曲家伊薩伊（Eugène Ysaÿe 1858–1931）管絃樂團與小提琴合奏的作品：〈往年之雪〉（Les neiges d'antan）。作者回顧一生，緬懷曾經的絢麗，惋惜未有實現的可能，欷歔時光的難留，把過去比作往昔的雪，細語深情，喁喁款款，攪人懷抱。好美麗的標題，好動人的音樂。

1986 年回港工作前的十多年，我都住在美國的東北部，五大湖的南邊。冬天北風吹越五湖，把湖面的濕氣都轉成雪，統統在五湖的南端卸了下來，每年的下雪量超過六、七十吋。記得一年一夜大雪之後，翌日上班，停在戶外的車子失去了影蹤，都埋進雪堆裏去了。住在近湖的同事便更誇張了，大風把雪吹積在房子的前面足足有七八呎高，推不開前門，只能從二樓的窗子爬出去。

我現在家居的休士頓，在美國南部，瀕墨西哥灣。夏天的潮熱，比起港澳，有過之而無不及。雪？據老居民說，大概四、五年看到一、兩次雪花在空中飄飛，觸地即溶；十一、二年，一次薄薄的積雪，但都不能終朝，三、五小

時，便消失淨盡。可是我剛到的那一年，聖誕前夕，居然下了一場四、五吋的雪，而且竟夜未溶，帶來了一個白色的聖誕，上一次休士頓的白色聖誕是十九世紀末的事了。鄰近的小孩子可樂透了，打雪戰，堆雪人，興高采烈。更有些孩子，把雪放進保鮮袋，盛載在隔熱的箱子內，沿門兜售，兩毛半一包，這些百年一見的瑞雪。比起在美東北的經驗，這場雪固然只是小兒科，然而卻是印象深刻的。

另一次，我還在美唸研究院，農曆除夕，幾個中國同學聚在一起吃團年飯。飯後打橋牌，興盡的時候已是凌晨三、四點。外面悄悄地下了一場雪。離開同學家的時候，遍地一片茫茫白，沒有車轍，也沒有人跡，在黝黑、嵌滿了閃爍群星的天空下，是一種平撫萬慮的祥和，滌淨塵念的純潔。踏雪回家，不時回首，看着自己遺下的一行足印，那種惘然、愴然，至終欣然的感慨，是畢生難忘的。

撞船

　　退休前住在香港，雖然喜歡旅行，但總未到過南美，因為飛行時間往往在二十小時以上，想起便不由得不卻步了。退休後定居美國，才開始涉足這片未曾到過的土地。

　　第一次到南美是好幾年前的事了，在阿根廷首都布宜諾斯艾利斯上船，行程經過烏拉圭、福克蘭群島，阿根廷最南的城市烏斯懷亞，繞過南美洲南端的合恩角，終點是智利的首府聖地牙哥。

　　離開布宜諾斯艾利斯後，第一個站是烏拉圭首都蒙得維地亞，根據行程在那裏只是半天。對烏拉圭，除了它是第一屆足球世界盃的得主外，我一無所知，原來它的國民收入和教育水平，在南美洲都是位列前茅的。雖然對它的印象很好，但以為緣盡半天，因為這個國家並不是熱門的旅遊點，這次也只是順路一瞥，以後大概不會再來的了。誰知不然。

　　船是下午三點左右離開蒙得維地亞的，還未駛出港口。一艘拖船拉着另一艘載滿汽車的平底船在前面橫過，忽然斷了纜。平底船沒有機器，纜斷了，自己不能控制，只有在海上漂浮，我們的郵船撞了上去。平底船上四五部平治新房車

都掉到海裏去了，郵船前右角穿了一個大洞。雖然沒有進水，為了安全，船公司下令郵船泊回碼頭，修妥船身方能繼續航程。乘客有目擊意外的認為郵船似乎完全沒有嘗試躲避，直朝着漂浮的平底船撞上去，船長要不是沒有留心，便是恃大欺小，對意外應該負大部分的責任。後來和一位富有航運經驗的朋友談起。他說今日輪船的結構，每艘船都分成好幾截的防水艙。迎頭相撞，最前的艙入了水，後面不受影響，而且前艙成了緩衝室，減輕了對後面的撞力。撞船怕的是給攔腰撞到，側面破損入水，那危險便大了。所以很多時候，船長發現碰撞無可避免，往往便正面迎頭撞過去，郵船的船長不只沒有錯，應該還很有經驗。兩個說法都似乎有理，行外人難判斷孰是孰非。

　　修船耽誤了兩晚三日，六十多小時，本來以為只有半日緣的蒙得維地亞，竟然成了整個旅程中停留得時間最長的一個地方。為了如期抵達終點智利的聖地牙哥，船長宣佈取消了行程中福克蘭（Falkland）群島一站，賠償每位旅客一半的旅費。我以為福克蘭群島只是一群人跡稀少、沒有旅遊價值的小島。1982 年英阿兩國為了爭奪群島的主權開戰，結果英國勝利，然而雙方傷亡達數百人，才「一戰成名」。路過看看固無不可，取消這一站換回一半旅費，也相當合理，那料卻惹來很大的反應。

　　原來福克蘭是英國給群島的命名，阿根廷人稱它為馬爾維納斯（Malvinas）群島，認定它是阿根廷國土的一部分。

1982 年的戰爭以前，雖然是英屬，但阿根廷人到那裏遊訪還是很方便的。可是戰爭過去，阿根廷人要到那裏便不是從前的容易了，申請入境並不一定獲批准。最簡單的方法便是參加經過群島的旅行團。聽到行程取消福克蘭一站的宣佈，船上為數不少的阿根廷旅客便鼓譟起來，他們聲稱到福克蘭是他們參加這次旅遊的主要目的，甚至有堅持是唯一的目的。他們要求馬上離船和賠償他們全部的旅費。船公司認為福克蘭只是行程中五、六個旅遊點之一，個別旅客心中哪一個是主要，哪一個次要，船公司難以遷就。意外耽誤的結果只是取消了行程的五、六分之一，而賠償卻是全部旅費的一半，公司方面已經是盡了最大的努力了。雙方爭持之下，氣氛越來越壞，結果雙方決定旅程結束後法庭相見。旅客接受賠償的必須簽署不再興訟的聲明，決定法律解決的便得放棄公司的賠償，靜候法院的決定了。從旁觀察，我相信結果沒有一個要上法庭的。

　　一個幽默小插曲，一位住在船頭房間的旅客，聲稱修船工程不分晝夜進行，噪音令他不能好睡，要求調房，船方表示所有房間都住滿了難以應命。他要求額外賠償，或入住船長的房間。船長答應給他妥善的安排。當天下午，一位職員，隆而重之的送到他的房間，一對耳塞。

天涯海角

　　撞船的意外，耽誤了兩三天的旅程，取消了停泊福克蘭群島，但無驚無險（撞船的時候，我和太太在下棋，如果不是聽到船長的廣播，根本便不曉得發生了意外），船公司還退回一半船費，仍然是很愉快的一次旅程。

　　那次旅行時在 2 月，南半球夏秋之間。我曾經在 8、9 月，北半球的初秋，乘郵船到過阿拉斯加，看到的同樣是遠處白雪蓋頂的崇山峻嶺，一簾簾銀皚皚倒掛入海的冰河，但是整個的境界，氣氛卻是十分不同。在阿拉斯加，藍天碧海，天上白雲片片，海裏浮冰處處，景色明快、開朗；雖然也遇到過濃霧、陰雨，充滿誘人的神秘，卻總叫人覺得只要一揭開朦朧的幕帘，便又是一片年青的明朗。但那次南半球之旅，就是天晴的時候，不錯是藍天，可卻不是碧海。海是陰森的暗綠色。天陰有微雨的時候，不是誘人的神秘，而是老人難測的深沉，鑽到它的背後，好像只會找到人世的滄桑。在這裏，我不是評孰優孰劣，各各有不同的風韻、姿采。

　　船繞過與非洲好望角齊名的合恩角（Cape Horn），在阿根廷的烏斯懷亞市停了大半天。烏斯懷亞公認是全世界最南

的城市，瀕海一個巨型牌匾宣稱：「天涯海角」（The End of the World）。不期然叫人想到海南島、三亞市，據稱東坡曾到此一遊的「天涯海角」。我到海南島「天涯海角」的時候，遊人如鯽，熙熙攘攘，水天一色，一片蔚藍，海風拂面，和煦宜人，加上政府銳意發展旅遊，要把三亞建成中國的夏威夷。沿岸五星酒店把長長的海灘割成幾段「遊人卻步」的私家泳灘，哪裏還有半點兒天涯歆羨的味道？烏斯懷亞，海旁泊着三兩艘看上去經歷過不少風霜的漁船，三五隻不成群的海鷗，盤旋天際，行人稀少，沿岸都是工廠、貨倉，一兩爿酒肆，給人一種蒼莽、樸獷、邊塞之感。要競逐「天涯海角」的頭銜，烏斯懷亞較諸海南島的三亞要適切多了。

馬丘比丘

　　秘魯的馬丘比丘（Machu Picchu）最近這十多二十年成為旅遊的熱點，它的照片幾乎在任何一本旅遊雜誌都看得到。就是從未到過那裏的，都認得馬丘比丘，似乎對它十分熟悉。

　　馬丘比丘是印加印地安人十五世紀的古城，面積不大，有以為不是平民百姓居住的，只是印加皇族度假的山莊。古城建於海拔二千四百公尺的山脊，雖然位置這樣高，但四周還有比它更高的崇山峻嶺重重包圍，還是相當隱閉，所以攻滅印加王國的西班牙人，雖然聽到過馬丘比丘的這個名字，卻沒有到過那裏。隨着印加王國的覆亡，馬丘比丘也湮沒無聞，消失在莽莽叢林裏面了。直到 1911 年才被雅禮大學考古學家秉金（Hiram Bingham）再發現。他把古城不少文物帶回雅禮大學，為了這些文物，秘魯政府和雅禮大學對簿公庭，直到最近十年才告結束。

　　秉金發現馬丘比丘的報道不旋踵便刊登於《國家地理雜誌》，旅遊的人便漸逐多起來了。開始的時候，到那裏還是十分不方便，不是有點冒險精神的，大抵都不會去。可是隨着政府發展旅遊事業，增加國家收入，慢慢交通、住宿都方便

了，旅客到了 2000 年已經高達每年四十萬人，現在大概已過百萬了。政府本來還準備建吊車、直升機場，如果建成旅客人數大概還要大幅增加。可是當地及國際的環保人士紛紛抗議，聯合國教育、科學、文化組織把它列入世界文化遺產，這些計劃才沒有實現。現在馬丘比丘的上空是定為禁止飛行區，每日入場人數也有限額。

　　其實到馬丘比丘旅遊的人士傷病的數目是較一般旅遊熱點高的。第一因為它的海拔高，很容易會有高山症候；第二，沿路山泥傾瀉，危石下墜的機會不小；第三，古城裏面，雖然沒有很長的梯級，但上上下下，加起來少說也有五、六百級，大多沒有扶手，狹窄不平，容易摔倒、扭傷。也就是為了這些緣故，我們雖然想到那裏一遊已經五、六年了，總是有點猶豫。去年到九寨溝，海拔也是二、三千公尺，沒有高山症候，於是立下決心，今年終於到馬丘比丘去了。

馬拉司鹽田

　　我們馬丘比丘之旅是自己組團的。行程自己選定。一般的行程是先到庫斯科（Cuzco），馬丘比丘所屬的行省的首府。那裏海拔三千四百多公尺，比馬丘比丘還要高。我們卻是先到和馬丘比丘差不多高度的小鎮小住兩天，讓身體有時候適應。在那兩天，我們參觀了馬拉司（Maras）的鹽田。

　　馬拉司的鹽田今日很多旅行團都未曾把它列為參觀必到的景點。我孤陋寡聞，出發前對這個地方一無所知。去後，眼界大開，是這次旅遊一個難忘的「高潮」。

　　鹽田一般都是見於瀕海區域，居民沿海建造淺池，引入海水，靠太陽蒸發海水，收穫留下的海鹽。內陸地方的鹽是岩鹽，沒有鹽田，是像開礦一樣從地下挖取的。可是馬拉司位居三千公尺的山上，遠離洋海，卻有像沿海地區的鹽田，靠太陽蒸發鹽水採鹽，數量幾及全國鹽產的一半，而且品質優良，出口全球，不少世界名廚的名菜都指明非用馬拉司地區出產的鹽不可。當天參觀，在陡峭的山坡上，一層又一層，像梯田也似的佈滿了遠望潔白如雪、在驕陽下耀眼生輝一方方的鹽田，每方十五至廿五平方公尺不等。這些名鹽是

來自地下的鹽水，只是一個不到碗口大小的出口，不是工作人員指出，還以為只是普通的地下泉，卻是供應了目之所及過千的鹽田，而且，千多、二千年，細水長流，涓涓不絕，養活了數百代、千百萬的人。

據工作人員的解釋，一口灌滿了鹽水的池，大概六個星期便可以有收成。浮在最上一層，顏色皓白，品質最佳，都是出口貨，賺取外匯；第二層，色澤稍遜用作普通食鹽；最底一層，只可作工業用途。這些鹽田是家傳的產業，一般不外賣，外人只能租用。我們參觀那天，看到工人把鹽放進布袋（滿一袋約有三十來公斤）。他們，不分男女，挑着四五袋鹽，在陡斜、狹隘的鹽田阡陌上，健步如飛，實在叫人歎服。

滿以為旅行既以馬丘比丘為主，前後安排的節目，只是前菜和餐後點心，那馬拉司鹽田卻真是個可以媲美主菜的可口前菜。

一片孤城萬仞山

馬丘比丘的圖片已經看過不曉得多少次了，可謂「眼熟能詳」，但入門後，行不過數十步，上了幾級石階，穿過一道門拱，那熟悉的景象陡然展現眼前，心底還是不由得不暗呼一聲：「WOW!」

一位朋友不喜歡旅行，寧願買旅遊的錄像光盤在熒光幕上觀賞。他家裏有個九十吋熒幕的大電視機，高清錄像，清晰玲瓏。他常對人說就是親身到那裏也沒有像他在家中看得的清楚，而且光盤中不少的景象可遇不可求，只有長駐守候，並且配有特別裝備，置身一個難得的角度，譬如：在某景點待上十天八天，乘直升機或攀登峰頂某塊危石之上，才有機會看到、錄得。一般遊客不是沒有充裕的時間，適當的設備，便是沒有體能或膽量看得到。他常常以我們一位共同朋友的經驗為例。這位朋友，專誠去了三次北歐——挪威一次，冰島兩次，為的是看極光，都沒有看到，但他足不出戶，在自己家中，手持一杯紅酒，靠着舒適的沙發，要甚麼時候看便甚麼時候看，看不清楚，反覆再看，慢慢欣賞。他說，這是今日科技帶來的方便，為甚麼不盡情利用？

　　不錯，有些名勝古蹟看它們的風景圖像往往和親臨所見一樣，甚或更加動人。可是，如陶淵明〈桃花源記〉所說：「捨船從口入……復行數十步，豁然開朗。」入門行了數十步，通過門拱，突然看到馬丘比丘古城遺址那剎那的「豁然」，就是從最佳的圖片、錄像，都是沒法感受得到的，然而這個「豁然」，卻正正是這次遊馬丘比丘最深入心坎、最堪珍貴的感覺。

　　歐陽修〈醉翁亭記〉首句：「環滁皆山也」，馬丘比丘也是給眾山環抱，我未到過滁，不過我相信它和滁有別，它這個環抱不只是前後左右，因為它建於山脊，就是往下望，也是被群山擎舉，山下的一道河，被腳下的山擋住，還是可望不可即。那種與世隔離，不是桃花源的恬靜安詳，而是一種超越的高傲，不是親臨其境是領會不到的。

　　馬丘比丘，一片孤城萬仞山，有機會應該去一次。

的的喀喀湖

　　第一次聽到的的喀喀湖（Lake Titicaca）的名字還以為是個明秀的小湖。大抵因為「的的喀喀」聽來好像和小孩子的玩意兒有關，也和粵語「的色」（小巧、精緻）一詞音近吧。原來的的喀喀湖是秘魯高原上和玻利維亞（Bolivia）接壤的一個大湖，海拔四千公尺，面積八千四百平方公里，湖部分屬玻利維亞。這兩個國家的人說這是南美第一大湖，但有人指出委內瑞拉（Venezuela）的馬拉開波湖（Lake Maracaibo）面積一萬三千二百平方公尺，那才是南美最大的湖。可是的的喀喀湖水深，最深的地方九百多公尺，平均深度超過一百公尺，比馬拉開波深四十公尺，所以容水量是馬拉開波的四倍，以此為標準，稱為南美第一大湖當之無愧。因為水深足以讓較大的船隻航行，它是全世界可以支持商運最高的湖泊。

　　到過馬丘比丘，我們隔天清早乘坐一整天的長途巴士來到這個還要再高一千餘公尺的的的喀喀湖。

　　的的喀喀湖有好幾個島，我們去看的是秘魯境內較大的一個，上面只有一二百居民，精壯男丁都到島外工作，剩下來都是婦孺和老人，疏疏落落的幾方瘦田，大抵都是種土豆

（馬鈴薯）自用的，土豆是秘魯主要的食糧，據說共有二三百不同的品種。禽畜不多，沒看到狗，也沒看見雞。整個島給人的印象是寧靜無爭。然而的的喀喀湖的賣點不是這些天然的島嶼，而是稱為「烏盧」（Uru或Uros）的人造的飄浮島嶼。這些烏盧其實就是大「浮台」。把一些小桶般粗幼的樹根綑縛成臺基，上面鋪上層層的葦草造成的。烏盧大小不同，大的有一兩個籃球場大小，上面可以蓋好幾所房子，住上十家八家人，小的也可以容納兩三家。烏盧已有過千年歷史，據說源起是為了避戰禍，敵人來的時候把烏盧撐走，全家便得脫難了。葦草容易朽腐，烏盧上面的葦草經常要添換，還好湖裏有的是，用之不缺。下面的臺基，卻可以耐得三十多年。住在烏盧上的居民，可以想像得到，生活是很艱苦的。可是現在卻賺得不少旅客的外匯。加上新科技的發展，我們參觀的烏盧，用太陽能電池已經可以看電視了。

少和慢

　　年紀大一點的人可能還記得國內五六十年代的口號：「多快好省地建立新中國」。多、快從這個口號看去都是好事，然而，要避免高山症，多和快卻是壞事。

　　前年到九寨溝，有經驗的朋友忠告：「到了海拔高的地方，行動要緩慢一點，東西要少吃一點。」我們去的一行十人，其中最年輕的（也已過了六十），太太不住提醒他走路不要太快，他大概嫌太太嚕囌，也有點要逞強，到了某一景點，一下車便飛步向前，走不了幾步，便面青唇白，要人扶他坐下，吸了三瓶氧氣才恢復過來。有了這些經驗，我們這次到馬丘比丘做足了準備。

　　我們的家庭醫生到過馬丘比丘，他給我們一些藥丸，吩咐我們到山區前一個晚上吃一顆，以後每天一顆，直到離開山區為止。另外，進入山區以後，客舍、飯店都有當地防高山症的茶供應，有用茶葉，也有用茶包泡的，以茶葉泡者為尚。清早出門，晚上睡眠前，喝三兩杯，這些茶內含可加因（在美國已是違禁品），防高山症是有效的。

　　到目的地後，導遊千叮萬囑，第一二天的晚飯不要吃得

太飽，少吃肉，如果無肉不歡，也只限魚和雞，不要喝酒，走路要比平常慢一半，不要洗頭。雖然這只是首兩天的「禁令」，我們，除了洗頭外，在高山那五、六天，都莫敢遺忘。我在山上的晚飯太半就只是湯、麵包、水果。遊的的喀喀湖，活動一般都在四千公尺上下，最高點是四千二百公尺，在島上還要上下山坡，一點問題都沒有，我想都因為這些預防工夫。

　　唯一沒有人提過，也許需要為準備到那裏的遊客一提的是，高山的氣候很古怪，早上太陽未出到剛出那一兩小時，很冷。不曉得是不是因為高山樹少，又比較接近太陽，上午十一時未到，在似火的驕陽下，卻是熱得叫人難耐。可是太陽下山前大半小時，便又開始冷了起來，日頭剛一下山，就是披上毛絨外衣，寒風一起，也禁不住發抖。去的景點往往是從早到晚的整日遊，所以怎樣穿衣服，是需要好好準備的。

利馬的美食

　　提到世界美食，大概很少人會想到南美。想到南美，也許就只是阿根廷、巴西、智利這些大國。秘魯？可是根據頗具權威的美食雜誌《餐館》（*Restaurant*）的排名，最高的二十間餐館，秘魯首都利馬（Lima）便有兩間，一間排名第四，另一間排名十三。

　　這次旅遊前，我對秘魯的菜式只知道兩種，都是我的家庭醫生（他是南美人）知道我要到那裏旅遊告訴我的。第一種，是當地流行的中國菜：chifa，網上一查，據說是源自初期中國移民，他們用膳的時候說：「吃飯，吃飯。」當地人便把中國菜稱為「吃飯」，就像美國的「雜碎」（chop suey）。大概醫生以為我是中國人，所以給我介紹他以為有中國風味的菜式吧。第二種，當地人叫 Ceviche，是以檸檬或青檸汁醃的魚生，也有煮過的，但還是以生的為正宗，配上洋蔥，不同的土豆或辣椒等等，不能當主菜。

　　我們曉得到了山區，要避高山症，不能多吃。為了補償，回程安排在秘魯首都利馬留三四天，盡量享受當地的美食。

　　到達利馬是傍晚時分，我們怕飛機誤點沒有預訂好的餐館。在旅舍的旁邊，有幾所「吃飯」店，顧客不少，然而，對我們中國人來說，乏善足陳，一點吸引力都沒有。我們按旅遊手冊，找到一所海鮮店，一試他們的 Ceviche。在山區我們已經試過這道菜。利馬，不見得更好。魚生，最要緊的是材料新鮮。這點，山上和利馬的餐店都做到。可是雖然滿意，卻不覺得怎樣特別。

　　離開利馬那天是夜機。我們晚上九點便要到機場，所以只能到快餐店吃晚飯。根據網上資料，利馬最著名的三文治店和旅舍相距不到半哩。我們到了那裏，人山人海，七、八條人龍都十五、十六人長。我們望着掛在牆上的餐牌，都是半懂不懂的西班牙文，正在躊躇不知叫甚麼才好，一位年青人看出我們是旅客，走過來，説：「讓我給你們介紹這裏最好的三文治和飲品吧。」結果，我們享用到十分可口的烤肉包，非常清鮮的果汁，給我們離利馬前一個很好的美食印象。

豚鼠

　　最普通用來作實驗的生物大概是 " Guinea pig " （我們一般稱為白老鼠）吧，因此，" guinea pig " 或「白老鼠」已經變成了實驗品的同義詞，也成了今日孩子流行的寵物。然而 " guinea pig " 這個稱謂名不符實，因為在生物分類上，它和豬不同類，而且原產地不是 " Guinea " （非洲的畿內亞）；倒是中文的稱謂：不論俗稱「白老鼠」，抑正名「豚鼠」較為切合，因為它是屬鼠類，雖然顏色不一定是白。

　　豚鼠的原產地是南美安地斯山脈一帶。安地斯是地球上最長的山脈，全長七千公里，從南到北穿過七個國家。根據動物學家的研究，豚鼠的祖先，很久以前已被人類飼養，現在的品種再也找不到野生的了。它是南美原居的印地安人重要的肉食來源。我們旅行到山區處處都可以吃到豚鼠，甚至公路旁邊也有擺檔售賣串燒豚鼠，每隻大概兩磅左右，就像普通一隻雞的大小。我沒有吃，一則，因為有經驗的人都警告在高山不可吃得太飽，少吃紅肉。二則，妻子認為「白老鼠」可愛，拿來吃很殘忍（其實牛、豬、雞、鴨樣樣都可愛，何獨偏厚豚鼠？），下山回到利馬，豚鼠便沒有在山區的常見

了。

　　在利馬，我們參觀了總統府旁邊的一所約三百年歷史的大天主教堂。裏面有一幀〈最後晚餐〉的大油畫，構圖、畫意免不了都是仿效達文西那著名的作品，可是如果細心觀察，畫內耶穌前面盤中的食物便是烤豚鼠。二千多年前在中東的耶穌，晚餐吃的是豚鼠？有人可能覺得很滑稽，暗裏訕笑畫家的無知。其實，就是達文西的名作，或其他著名的「聖畫」，畫中人的服飾、餐具、家具、風物等等，和二千年前中東的所有，出入也是很大的，畫家不是研究文物的專家，不能因此便低貶他們的作品。從這幀油畫可見，豚鼠在南美食史中的普遍和地位了。豚鼠容易飼養，而且脂肪少，膽固醇含量低，成為當地人肉食的主要來源是十分合理的。

　　結果，我們還是嘗到豚鼠，甚至因為「白老鼠」太可愛而不忍食其肉，我的妻子也吃了。這便且聽下回分解了。

第四和第十三

　　已經和大家提過，秘魯首都利馬原來是美食馳名的。根據美食雜誌《餐館》的排名，去年全球首五十名餐館，利馬便佔了兩兒。出發前，我們在這兩所餐廳預訂了座位：一所吃晚飯，另一所中飯。都是所謂「品嘗菜單」（tasting menu），那是餐店自擬，包括十多款份量不大的拿手好菜，讓顧客能遍試他們不同方面的廚藝。「品嘗菜單」始於法國，到了上世紀九十年代，成為一時風尚。不少名餐店，都有「品嘗菜單」，一些新崛起的食店，更只提供「品嘗菜單」，再沒有一般傳統的菜單了。

　　我們吃中飯的一所，名列第四。大概因為是午飯，食客不多，只有四五桌，菜單連飯後甜點，共十一道。菜式安排，頗為特別。秘魯的地理環境變化很大。利馬是個海港，但馬丘比丘所在地的首府庫斯科、的的喀喀湖等，卻是海拔三四千公尺。菜單上每一道菜，材料都是來自不同海拔的區域，我最欣賞的兩道菜：大蜆配甜瓜，和炸八爪魚伴墨魚汁蛋，食材來自洋海，屬負海拔區；我比較不感興趣的是不同植物根的切片，那是來自海拔四千公尺以上的山區，切得薄

如蟬翼，幾乎是透明的，入口也很清爽，但我欣賞它的切工多於它的味道。

訂了座位吃晚飯的餐館，排名只是四十四。可能是晚飯，食客很多，座無虛設。飯店是標榜匯合歐洲、日本和當地的廚藝，別出一格。菜單連甜品共十六道，其中一款燉豬肉，甘香軟滑，雖然看上去似有些肥肉，卻沒有半點兒膩的感覺，可以媲美最上乘的東坡肉；另一款是煎鱈魚，上面灑上碎果仁，下面墊上薄薄一層薯泥，色香味俱佳；還有一道日本餃子，吃後，侍應才告訴我們餡是豚鼠肉做的（所以連不忍食其肉的妻子也吃了），可是只那麼一點點，沒有吃出和其他的肉有甚麼分別。

兩爿食店都給我們很好的印象，但排名卻相差四十位，似乎有點不公平。回來後不到一個月，《餐館》雜誌公佈它的新排名榜，本來排四十四的，躍升了三十一位，名列十三，據我只一次的經驗，那才合理。

冰島

　　第一次到冰島已經是三十多年前的事了。1983 年暑假，我被邀請到維也納主持一個中國文化研習班。當時從美國到歐洲，「冰島航空」的機票最便宜：從波士頓啟程，經冰島首府雷克雅維克（Reykjavik）到德國的漢堡不過三百美元，條件是：去程或回程必須在雷克雅維克停留一個晚上，旅店費用是包在機票裏面的。我回程在那裏留了兩天，參加了當地的一天遊。

　　看到冰島這個名字，便想當然那裏定必大半年都天寒地凍，萬里冰封，生活定不太好過。誰知不然，冰島溫泉多的是，雷克雅維克，就是煙霧之城的意思。因為冬天的時候，溫泉的熱氣，從遠處望去，整個地區煙霞處處，是以得名。島上居民很早便懂得利用地下熱為室內供應暖氣，而室外的溫泉便成為冬天居民聚集、社交的好去處。反倒附近的「格陵蘭」（Greenland），雖然稱為「綠島」，卻是名不符實，一年難得幾個月沒有冰雪。據導遊所説，最初發現冰島和格陵蘭的維京人，為兩地取名的時候，故意顛倒事實，希望誤導後之來者到格陵蘭去，好讓他們獨佔冰島。

冰島除自然風景外，歷史文物不多，一天遊就只參觀了 1972 年美國棋手波比‧菲舍爾（Bobby Fischer）爆冷擊敗蘇聯的鮑里斯‧斯帕斯基（Boris Spassaky）奪得國際象棋的世界冠軍的比賽場館。那次賽事，是直到當年為止，在冰島發生，令雷克雅維克一時間成為國際名城的第一世界大事。蘇聯棋手雄踞世界棋壇近半世紀，菲舍爾雖非無名之輩，但三十還未出頭，行為狂妄乖戾，賽前幾乎無人看好。再加上他輸了第一局後，抗議比賽場地嘈雜，要求換到沒有觀眾的小房間，第二局拒不出賽棄權。在先負兩局下，勝出機會更是渺茫。誰料斯帕斯基讓步，接受他換場地的要求，接下來的十九局，菲舍爾勝七，負一，和十一，領先四局，剩下只三場比賽，斯帕斯基回天乏術，俯首稱臣。1972 年西方和蘇聯冷戰如火如荼，菲舍爾戲劇性的勝出，霎時間便成了西方世界的英雄。比賽的場館也就成了當年冰島遊必到之處了。

最早的議會

　　除了美國棋手菲舍爾（Bobby Fischer）1972 年爆冷擊敗蘇聯的斯帕斯基（Boris Spassky）奪取國際象棋世界冠軍，一時成為當年世界盛事的比賽場館外，其餘都是自然風物，而且都是在離首府雷克雅維克不遠的所謂「黃金圓區」（Golden Circle）。不過這一區景物之多，也真不愧被冠以「黃金」兩字。

　　黃金圓區裏面的景物，冰島居民最感自豪的是「議會廣場」（Thingvellir）。千多年前開始，散居冰島的各族，每年仲夏六七月間，太陽不落的那一段日子，紛紛來到這裏聚集。住得最遠的，穿山過嶺，跨越冰川，旅程長達十多二十日，也不辭勞苦趕來赴會。他們在那裏公開討論，釐定來年的共同政策；排解、裁仲部族間的糾紛；頒佈新的法例。每三年，公推議長。議長不是國家的領袖，他既沒有立法權，也沒有執法權，只不過是議會的主席，任內三年主持每年的議會。議長開會之初，在尚未有文字的日子，需要憑記憶向所有與會人士宣告年前訂下的政策、律例。今日，這個「廣場」只見一堆一堆的嶙峋怪石。這並不是當年議會遺下來的頹垣

敗瓦。那時的議會並沒有一座建築物，只是在這露天廣場的石堆中舉行，每一石堆便是一個座位。眾多石堆當中有一堆較高的，稱為「律法巖」（Lögberg英譯 Lawrock），那就是議長的座位，也是發言人向會眾說話的講壇。這些聚會最早可以追溯到公元 930 年，就是這樣早期的會議已具今日民主議會的雛形，所以冰島人以這個議會廣場為歷史上第一個民主會議廳。

離開廣場一箭之遙，還不過二百步，是一個清澈的水潭，不要以為這是夏日嬉水的好去處。在中世紀的冰島這是個執行死刑的地方。冰島的法律，男死囚不是砍頭，便是活生生燒死。但女死囚卻是淹死的。這樣她們不至身首異處，死後仍然保持身體的完整。在議會被判死罪的女犯人，便是帶到這個水潭處決的。今日，我們見到只是一泓明秀的潭水，再沒有絲毫刑場的恐怖、陰森。

黃金圓區

　　冰島首府雷克雅維克附近的黃金圓區（Golden Circle）是遊客必到的地方。聽到「遊客必到之地」，我們便想到要不是食肆林立，便是無數販賣紀念品的小商店，熙來攘往的人群，黃金圓區可不是這樣，沒有甚麼人造的建築，它引人入勝的地方是它的自然風貌。

　　地質學上，冰島位於大西洋中脊，北美洲板塊和歐亞大陸板塊交接的地方，這兩大板塊的移動、撞擊，也就是冰島常有地震的原因。不單如此，冰島也是地球有數的幾個「熱點」之一，在它的境內便有十個以上的火山系統，最著名的是斯奈菲爾（Snaefell）火山，尤利・凡爾納（Jules Verne）著名的《地心歷險記》，就是以這個火山為進到地心的入口。原來火山溶岩冷卻後，首先長出的只是地苔樣的植物，要經歷好幾代才會有較高的草木，因此冰島幾乎是沒有高樹，更說不上叢林了。

　　黃金圓地區正正橫跨這兩大板塊，沒有草木，然而卻有很多間歇噴泉。間歇泉英文是：Geyser，這便是從冰島著名的蓋錫爾間歇泉（Geysir）而得名的。蓋錫爾噴泉自十四世紀

已經出名，它噴出來的水柱高達七十公尺，可以說是世界歷史上第一的知名噴泉，不過到了十九世紀末便已經不再活躍了，有時一年才噴發一次。今日黃金圓區最受歡迎的是斯特羅柯（Strokkur）噴泉，大概每十分鐘左右便噴發一次，水柱往往高達三十公尺。

除間歇泉外，板塊互撞產生大大小小的斷層在黃金圓地區處處可見：有像石壁間狹窄的通道；有像小型的峽谷；有些因為底部有地下水源就像狹長的湖泊，可以供人潛泳。整個地區給人一種莽莽蒼蒼、譎異嶙峋、拙樸原始的感覺，在我旅遊經驗中從未一見。據說板塊的磨擦往往會在地下深處發出沉鬱的響聲，像甚麼被困的猛龍怪獸的吼號，那就更增加這地區的神秘。

我第一次到冰島雖然只一日遊，卻深深被它與別不同的景物、有趣的傳說、特異的風土人情（譬如，他們的居民是沒有姓氏的）吸引，立願有生之年必得重遊一次，三十多年後終於得償所願。

重遊冰島

　　第一次到冰島給我一個深刻的印象，立願重遊，三十多年後，果然得償所願。前年初夏，我和太太，跟幾位朋友，到冰島旅遊了八天。

　　從首府雷克雅維克的市容看來，冰島顯著地比從前富庶。三十多年前尚未建成，全冰島最大的哈爾格林姆教堂（Hallgrimskirkja），現在矗立城中崗頂，高達七十三公尺，外形活像背着穿梭機、隨時準備升空的火箭。登塔頂遠望，全城並四周原野盡入眼底，「覽斯宇之所處兮，實顯敞而寡儔」。市中心的海旁，二十一世紀才落成的音樂廳最令人矚目，裏面預告一年的節目，不少名家演出，多采多姿。城中餐店、酒肆，晚間座無虛設，一片昇平景象。

　　這三十多年來冰島經濟躍進主要的原因之一，從旅遊途中見到的一座產鋁工廠便可以窺其端倪。鋁生產是冰島最大的工業。鋁不像金、銀、銅、鐵，鮮有獨存於自然界的，都是和其他物質混在一起，主要的含鋁礦物叫鋁土礦（Bauxite），必須從中分解，提煉才可以取得，提煉過程需要花很多能量。冰島本身沒有鋁土礦，它的產鋁工廠主要是跟

美國或澳洲這些鋁土礦生產國合作。為甚麼美國，澳洲不在
自己本土，而要千里迢迢把原料運到冰島提採？因為冰島廉
價的能源，就是把運費算進去，還是划得來。

　　冰島有的是地下熱，千年前居民已懂得賴此室內取暖。
近百年，科技進步，除取暖外，也開始小規模地利用地下熱
作其他用途。上世紀七十年代，油價暴升，政府更致力發展
以地下熱為主要能源。這需要大筆的投資，八十年代初油價
回落，便開始有反對的聲音，還是當時的執政者有遠見，堅
持「能源革命」，到今日，除了車、船、飛機、交通工具外，
冰島的能源全部都是「可再生的」（renewable）：四分三來自
地下熱，四分一水力，不再靠賴煤電。這就是為甚麼冰島
能源這麼便宜，遠方的國家不惜運費，把原料運到那裏提採
了。只可惜，冰島是個島國，周圍大海汪洋，難以把出產的
能量外銷，否則它的經濟可要比現在好更多。

藍澄湖，紅番茄

　　現今往冰島旅行，其中一個必到的景點便是藍澄湖（Blue Lagoon）。藍澄湖離冰島首府雷克雅維克大概四十五分鐘車程，是世界上最大的室外溫泉池，佔地超過一萬平方米，水溫和人的體溫差不多，約攝氏 39 度，浸浴其中十分舒暢。據說池底的泥含礦物質可使皮膚光潔潤滑。不少年青的女郎捧着小盤的「池泥」穿梭池客之間，供他們試用，同時推銷製成的護膚商品。然而，藍澄湖並不是天然的。

　　原來該區地下很多極熱的蒸氣和地下水，發電廠利用這些蒸氣和水蘊藏的熱量發電，並為該區居民的用水加熱，提供熱水和暖氣。熱量被應用到這兩方面後，水和蒸氣便成為溫水，排到人工建成的藍澄湖供居民和遊客泡浴、娛樂之用。這些排入池中的水，只是所含熱量被採用，水質仍舊天然清潔，慢慢再滲回地底，大概每四十八小時，池水便徹底更新。一物（地下的蒸氣和熱水）三用，物盡其材，半點都不浪費。這是地下熱對冰島旅遊業的貢獻。

　　地下熱對冰島的農業也有很大的幫助。誰會料到這個天寒地凍、差不多半年不見陽光、花草鮮見的島國，竟然盛產

番茄，收成外銷歐陸。我們參觀的番茄場約五千平方米，全部都在玻璃建成的溫室之內，年產番茄三百五十噸。下種後先讓番茄在育苗室長出幼秧，然後移到主場。每兩株，相隔六七星期，一先一後種到約一立方米的泥磚，莖繞纏旁邊的鐵架向上生長高達十呎。溫室之內養有從歐陸引入的蜜蜂幫助花粉傳播，結實。水分、肥料、溫度、陽光（人造的），都由電腦控制定時供應適當的份量。所以偌大的番茄場並不需要很多的管理員，而且他們不必身在農場，在任何的地方都可以遙控。和我們參觀規模一樣的農場數量不少，並不只是番茄，也生產其他的蔬果。這些農場需要很大的能量，只有像冰島能源這樣便宜的國家才可以行得通。要不是上世紀七、八十代領導者的遠見，堅持發展地下熱，冰島便難有今天的經濟成果了。

鯊魚和海鸚

　　中國人旅行都想一嘗當地的美食。冰島向來以漁業為主，居民生活離不了海，政府甚至規定游泳為中小學必修課程，不及格便不能畢業，想當然，海鮮應該很出色，可是冰島特有的海產食物綠島鯊魚乾卻難得稱為美味。

　　綠島鯊活躍於北方海域深處，身長六、七米，重千二、三百公斤，可以活到二、三百歲，是最長壽的脊椎動物。牠體內積存大量有毒、帶尿臭的氧化三甲胺，幫助牠在深海生活，必須排除這些毒素才可供人食用，否則吃了便失去身體平衡，東搖西晃，仿似醉酒。排毒方法是把肉埋到地下五、六星期，讓毒素排出，然後切成大塊，掛在四面通風的棚屋五、六個月晾乾。綠島鯊肉乾以前可能是冰島的日常食品，今日只是在節日時切成小方塊的特殊下酒物，但價錢可不便宜。我們參觀的專門店據說是全島唯一的，設備簡單，一個大廳，陳列了一些捕鯊的工具和照片。主人向我們大略介紹製魚乾的方法後，便領我們到店後約百平方米滿掛魚塊的棚屋。導遊告訴我們魚塊尿臭很濃，我倒不覺得有很大的異味，和港澳「鹹魚欄」的氣味相差甚遠，如果鹹魚欄一百分，

它三十分不到。最後工作人員端出大盤的鯊魚乾粒給我們送酒，魚乾和酒都沒有給我很深的印象。

　　冰島另一種著名的動物是海鸚（Puffin）。海鸚也是地球北海域的動物，太平洋、大西洋都有，冰島最多，超過一千萬隻。夏天在冰島沿岸的懸崖和離島築巢，交配繁殖，牠們最喜歡聚居的離島威斯曼（Westmann）便有一百多萬的鳥巢。海鸚大喙短翼，鳥身黑白兩色，喙和掌都是紅色，交配季節最為嬌艷，很是令人喜愛，季節過後色便轉暗紅了。六、七、八月，觀賞海鸚也便是遊冰島的熱門節目。我們觀鳥的地方只是海中一片大岩石，但少說也有二、三十萬隻，離岸數百碼，便聽到鳥聲不絕，如入鬧市。

　　觀鳥回程，船長特別為我們下網撈取海底的帶子、海膽，在甲板上即開即食，是從未嘗過的鮮美，也算是意料之外的收穫了。

愛晚亭

　　最近旅遊，去了一趟長沙，參觀了岳麓書院和書院後面的愛晚亭。

　　愛晚亭，很多人知道。有以之為中國四大名亭之一。毛澤東年青時和友朋喜歡到這裏聊天。亭在抗日戰爭中被毀，1952 年重建，毛澤東當時已經是國家主席，為亭題了匾，近五十年來，亭的聲名更是大盛了。

　　亭是在乾隆年間，由當時岳麓書院院長羅典創建的，本名「紅葉亭」，又稱「愛楓亭」，後來改為「愛晚亭」。一說是詩人袁枚改的，他嫌「紅葉」、「愛楓」這些名字太俗氣了，據杜牧〈山行〉：「遠上寒山石徑斜。白雲生處有人家。停車坐愛楓林晚，霜葉紅於二月花。」改成「愛晚」。亭雖然這樣出名，可是坐落處一點也不廣闊，那天遊人很多，更顯得有點侷促。從亭外望，可能因為近日市區的發展，也沒有甚麼美景，未免感到失望。然而卻聽到另一個有關亭名、很有意義的新版本故事，姑勿論它是真是假，叫我對這座名亭，有不同的了解，且在這裏和大家分享。

　　一次，一位衣衫襤褸的年青人到岳麓書院求見院長羅

典。大概因為事忙，求見的，看上去只是個落泊、寂寂無聞的窮書生，羅典也就沒有接見他。書生跑到書院後面山上的紅葉亭，在上面題了杜牧的七絕〈山行〉，只是其中缺了兩個字。第三句「停車坐愛楓林晚」寫成「停車坐楓林」，缺了「愛」和「晚」兩個字。管園的把事情告訴羅典，並訕笑這個窮書生連杜牧這麼著名的一首詩也給背錯了。羅典一聽，卻不禁心中暗暗叫聲慚愧。曉得原來這位書生是留詩諷刺他的。漏了「愛」「晚」兩個字，是譏諷他身為書院院長，理應愛護，提攜後學，如何卻拒人千里之外，實在不懂得怎樣愛育晚輩，沒有「愛晚」。他派人四出找尋這位書生，準備親身向他致歉，可是書生已是一去無蹤，怎樣也找不到了。羅典便把亭更名「愛晚」，以作一己的警誡，也提醒後來岳麓的院長和從事教育工作的人。

　　聽到這個故事，才明白原來亭名和風景無關。可是坐落岳麓書院範圍，亭名卻是對教育事業千古不移的忠告，對從事教育者一記當頭棒喝。

橘子洲頭

想跟大家談談毛澤東的兩首〈沁園春〉。

也許有人會說，今天是 2014 年了，還來談毛澤東的詩詞，是不是太過時了？最近遊長沙，政府在橘子洲頭，建了一座巨大的毛澤東像，上面是毛澤東的頭像，下面是一座紀念館。遠遠望去，設計、規模活像埃及的獅身人面像。是 2009 年建成的。既然最近可以建這麼大的一座毛澤東塑像，談談毛澤東的詩詞應該不算太過時吧？

毛澤東的兩首〈沁園春〉，以 1936 年寫的〈雪〉最為人知。我卻是喜歡他 1925 年寫的〈長沙〉：

> 獨立寒秋，湘江北去，橘子洲頭，看萬山紅遍，層林盡染，漫江碧透，百舸爭流，鷹擊長空，魚翔淺底，萬類霜天競自由。悵寥廓，問蒼茫大地，誰主沉浮？

> 攜來百侶曾遊。憶往昔崢嶸歲月稠。恰同學少年風華正茂；書生意氣，揮斥方遒。指點江山，激揚文字，糞土當年萬戶侯。曾記否，到中流擊水，浪遏飛舟？！

　　全詞充分表現了作者少年時的風華意氣，激昂豪邁。是和友儕一起指點江山，一同中流擊水，所爭取的並不是萬戶侯的名位、權勢，這都視如糞土，要的是與生俱來、萬物都該擁有的自主沉浮的自由。後來的〈雪〉：「秦皇漢武，略輸文采；唐宗宋祖，稍遜風騷。一代天驕，成吉思汗，只識彎弓射大雕。俱往矣，數風流人物還看今朝」，雖然還是豪氣干雲，自比歷代侯王，要得多嬌的江山，但較諸前作〈長沙〉，便缺了一種振臂高呼、激昂慷慨、搖蕩性情、叫人願與他共生死、創未來的領袖胸襟氣概了。

　　今天橘子洲是個公園。島上只有電瓶公車，其他車輛不准進入，但卻有地鐵站，市民要去是挺方便的。是我到過的公園，不分中外，最整潔漂亮的一個。我去那天，日麗風和，遊人扶老攜幼，沿江漫步，樂也融融。可惜的是那座龐然巨物的毛澤東像。在另一首詞：〈卜算子·詠梅〉，毛澤東說：「俏也不爭春，只把春來報。待得山花爛漫時，它在叢中笑。」這座像，怎只是在叢中笑，簡直壟斷了整個橘子洲頭，向所有遊人宣告：「橘子洲是我的！攜來百侶都只能在我身影下活動。」

　　在橘子洲頭，放一尊如真人大小，他凝望江水北逝的像，下面刻上：「問蒼茫大地，誰主沉浮？」我覺得是對毛澤東更好的紀念。

（五）

談笑無厭，疑義相析

雜齋

以前的人喜歡給自己的書房起個名字，好像蒲松齡的聊齋，梁啟超的飲冰室。我給我的書室起名：「雜齋」。

回港任教的初年，一位同事知道我給書室取名「雜齋」，說這個名字不好，在大學任教的人都必須專精一方面，雜學太多，不成氣候。他是善意的。但我很喜歡「雜齋」這個名稱，覺得既適當地描寫我的書室：亂得一塌糊塗；也很貼切我的性情：喜歡的東西很多，很雜。然而雜未必便不成氣候，《漢書‧藝文志》提到十家，不入流（也就是所謂不成氣候）只是小說一家，入流的九家，雜家還名列農家之前，未至排在榜末。我完全不以雜為恥，如果真個能躋身雜家，倒覺得有點驕傲，只是擔心一廂情願，未必擠得進去。

唸研究院的時候，住的國際學生宿舍有位來自德國、專研國際法的博士後生，他對西方哲學知道得很多，大提琴拉得相當出色，常常應附近的學校、團體邀請給他們演奏。後來我跟他熟了起來，曉得他父母是在大學任教哲學和數學的。他從小喜歡音樂，拉得一手好的大提琴。中學畢業後，在哲學和音樂兩專業間猶豫難決，結果選定了音樂。取得學

位後，在德國一個不錯的交響樂團當大提琴手，漸漸薄有微名，不時充任獨奏。可是一次車禍，左手兩隻手指斷了骨，復原後，靈活和力度大不如前。他當時已經有了家室，為了生計，改唸法律。他說法律雖然是他的正業，但哲學和音樂卻是他所至愛。

我很喜歡他這番話。我在大學任教中文，中文就像我的正室。但我還有其他和中文同等的愛好：哲學、西洋古典音樂，……它們像我的情人、好友。法律上、道德上不容許我們有婚外情，但在文化、學術方面可沒有這種禁制，不只沒有禁制，有時多種愛好還可以讓我們避免成為一曲之士。所以在文化上、學術上，我願意作個情癡，拈花惹草，處處留情，「直須看盡洛城花，始共東風容易別。」一點兒不覺得這是用情不專，是個罪過。

把書室稱為「雜齋」，不亦宜乎？

表和達

　　語文教育，母語也好，外語也好，主要目的是訓練、提升學生對該種語文聽、説、讀、寫這四方面的能力。聽和讀，是明白別人；説和寫，是表達自己。然而提到「表達」，我們往往忘記指的是兩件，雖然相關，卻是不同的事。「表」，是把自己的意念呈示出來；「達」，是把自己的意念傳給別人，並且取得期望的果效。我們可以説：表是方法，而達是目的。今日的語文教育，往往只重表，卻忽略了達。

　　方法，固然重要。所以表的時候必須清楚、準確，如果説話不合文法，沒有條理，辭彙貧之，便自然不能達。所以訓練説話和寫作能力，我們力求學生文字通順，思路清晰，用辭恰切，這都是為了達。有人會説，語文訓練，除達以外，也講求美，所謂行有餘力，則以學文。鄙俗無文，有時也未嘗不達，但達以外還有更高的境界，那就是雅，這是語文訓練另外一個更高的目標。

　　我們如果仔細想一想，雅並不是達之上的另一個層面，只是達得更準、更全面，其實，如果離開了達，我們便無從判斷怎樣的表才是美、才是雅。一篇形容月色的文章比另一

篇美，並不是因為它用上了更美的形容詞（沒有形容詞，抽
離而言，比其他形容詞更美的），而是它讓讀者更清楚領會到
作者所看到、感到的月色。

　　然而，要討論達，我們必須清楚要達的對象。同一個
信息，要大學生明白、接受，和要小學生明白、接受，需要
不同的表；說同一個故事，要獲得女聽眾對主人翁的同情，
跟要取得男聽眾的同情，說的方法也應該有差異。可是，試
想想，今日老師命題作文，有幾次清楚說明受眾是誰？目的
是甚麼？既沒有指明的受眾，也沒有清楚要取得的效果，又
怎樣訓練達？怪不得今日學生覺得寫一首詩，創作有幻無科
的科幻小說，易；給親友寫封報道生活的信，解釋自己對某
時事問題的立場，說明家中新買的焗爐如何操作，難。換言
之，凡是達的對象清楚，目的鮮明，我們的表往往便覺得困
難，無所措手了。這都是因為我們平日說和寫的訓練，太重
表，忽視了更重要的達。

辯論

在眾多的學校活動裏面，我最喜歡隊際辯論，認為最能幫助學生的學習。

好幾年前，一位香港女作家在她的專欄裏面說，她曾參加過中學辯論隊，並且奪得校際冠軍，但自此之後她就不再參與辯論這種活動，因為「她不能為了勝利，埋沒良心，說自己也不相信的話」。她這個看法是錯誤的，但不幸對辯論存這種誤解的人很多。

在辯論比賽中，辯論員個人就是不同意他自己站方的立場，也不必說違心話。譬如辯題是．「應該廢除死刑」，正方某隊員個人是支持死刑的，他不需要埋沒良心，仍然可以代表正方說話。因為辯論員的責任只是把支持他站方立場的最強理據，陳述清楚，把他們的立場放到最有利的地位；同時指出對方論據的弱點，可懷疑、商榷之地方，讓聽眾、評判，決定究竟哪一方有理。情況就像律師：一個好律師不必埋沒良心，也無需偽造證據，他只是把他所代表的一方，放到法律上最有利之處，按法理為他爭取最大的益處。

另一個對辯論比賽的誤會是：辯論員必須說服評判接受

他們所站一方的立場。譬如辯題是「應該廢除死刑」，正方如要勝出，就得說服評判死刑的確要廢除。最要命的是，很多辯論比賽的評判，也持同一看法，這個看法其實不對，在辯論比賽中，辯論員不是跟評判比賽，不是要說服評判他們的立場對確無誤。評判只是要判定，正反雙方哪一方在比賽中提出的理據比較充分。「在比賽中」這四個字十分重要，一個好的辯論評判，應該放下他個人對辯題既有的意見，衡量雙方在比賽中提出的理據，判定勝負。我遇到過不少辯論評判，因為某方未有回應只在他自己心裏面、但從未在比賽中提及過的理由，而判定某方落敗，這是很嚴重，但可惜卻常常發生的錯誤。再以法庭為例吧，法官和陪審員裁決的時候，都只能按審案時雙方臚列的理據作決定，否則便是不合法理，上訴庭是可以因此而推翻原判的。因為評判對如何裁定勝負的基本原則都不了解而被破壞的辯論比賽不知凡幾，這是主辦辯論比賽的單位所亟需改善的。

　　談過對辯論的兩大誤會，下文再向大家解釋我認為辯論是最佳學校課外活動的理由。

辯論與表達

　　前面大家提到過「表達」其實指的是兩件事:「表」和「達」。今日學校的語文訓練往往只偏重表,而忽略了達。我認為辯論對學習很有幫助,就是因為辯論是訓練學生重視達的好機會。

　　一次,大學的辯論學會請來一位校友當主講嘉賓。他敘述他當學生時的一次經驗。在某次比賽,整隊的表現良好,每位隊員的陳辭都很流暢,但結果評判表示不明白他們的論點,裁定他們大比數輸了給對方。賽後,全體隊員一致認為該場比賽是他們最「出色」的比賽,雖敗猶榮,因為人家都「論」得很開心,「辯」得很興奮。我沒有聽那場比賽,但絕不同意他們「出色」。從他的敘述看來,他們只是「表」得很開心、很興奮,然而,如果裁判聽不明白他們的論據,他們只是自我感覺良好,辯論無論如何不能說是出色,因為出色的辯論必須「達」到受眾。

　　準備辯論比賽的時候一定要考慮受眾。一個好的辯題,正反雙方支持的理據都應該很多,自然每方都會選取他們認為最強的理據。但是有些理據雖然有力,卻很複雜,三言

兩語，沒有輔助圖表，不容易讓聽眾聽得明白；有些論點，雖然堅實，但很專業，聽比賽的群眾和裁判不是這方面的專家，未必能夠接受。所以準備的時候，必得因應環境、受眾，有所取捨，目的是「達」到受眾的心中，如果估計不能達，無論看上去多強的論據也不能不割愛。

除了考慮論據是否能達受眾以外，人總是有偏見的，辯員還需要知道受眾的偏見。辯論比賽，全隊發言時間最長大概也不外三、四十分鐘，要在這樣短暫的時間，糾正一個人的偏見是件難事。所以辯論必須迴避受眾的偏見，非萬一時，不可「攻堅」，要尋得受眾心理上最容易同情的論證。因此同一辯題，對白領、藍領、職業女性、家庭主婦、城市「優皮」、鄉村父老，態度內容都應有所不同。辯論時，對不同的人說不同的話，這並不是沒有原則：不同的態度，不是虛偽；不同的話語不是假話，而是求達的策略。其實，不止辯論，一切說話，所有文章，如果求達，這是不易的道理，只不過在辯論比賽中，最容易看得清楚。

在重表不重達的語文訓練中，辯論對學生學習大有幫助，就是這個原因。

翻譯

　　我唸中學的時候是有「翻譯」這門課的，以英譯中為主，由英文科的老師任教。不知道甚麼時候，甚麼原因，這門課被取消了，中學課程裏面再見不到「翻譯」這門課，那實在是件十分可惜的事。

　　從中學「翻譯」科由英文老師任教的安排，可以推想一般人是把翻譯看為英語學習的一部分。也許後來覺得這可以涵括在英文科內，無庸別立一科，所以便把它取消了。其實翻譯對學生的中文表達能力有極佳的幫助，可以補中文寫作訓練的不足。

　　一般中學的寫作訓練，我覺得有兩點不足。第一，只注重詞藻美麗，忽略了和周遭真實世界的連繫，學生的作業往往是閉門造車，一旦要他們描寫、陳述，真景物，真感情，便無所措手了。多年前，當上了某機構中學作文比賽的評判，參賽的文章是由不同學校老師選送的，看到了好幾篇以還鄉為題的作品，描寫的景色都是綠油油的稻田，雞犬互鳴、瓜棚閒坐的農家樂，寫得很美，問題是：今日還有多少這樣的村戶、這樣的生活？而且這些移諸四海皆準的描述，

到底寫的是哪個鄉縣？這一點和翻譯沒有關係，我離題了，以後另文再談。

　　第二，就是以語言文字為表達工具，每人都有自己的表達習慣，這些習慣不一定有對錯，如果沒有錯，也便無須更正了。然而，不同的表達方法：顛倒了的序列，不同的結構，等等，往往產生不同的果效。今日學校裏的寫作訓練鮮有讓學生學習不同的表達方法。但翻譯可便不同了。大家都聽過，翻譯講求信、雅、達。信，不只是要求譯者翻出作者的意思，還要求譯者以作者的方法去表達他的意思。這強逼譯者乖離他的表達習慣，很多時候給譯者上了一大課，叫他明白「條條大路通羅馬」，同一意思，同一故事，可以有不同的表達、陳述的方法。他所慣用的只是其中之一，而且有些地方，還及不上其他的途徑。再推深一層，不單每人有每人的表達習慣，不同的文化也有不同的習慣，翻譯不單叫我們看到與己不同的表達方式，更看到和自己文化不同的表達方法，拓闊了我們的視野。翻譯不只是幫助我們學習外語，它也增強了我們的表達能力。

寫作訓練

　　上文提到中學的寫作訓練，我說一般中學的寫作訓練只注重詞藻的美麗，忽略了和周遭真實世界的連繫，學生的作業往往是閉門造車，一旦要他們描寫、陳述，真景物，真感情，便無所措手了。我還提到多年前，一次中學生作文比賽，以還鄉為題幾篇作品，雖然文句美麗，但都不是寫實，只是虛擬，把他們認為前人寫鄉村（也不管「還鄉」的「鄉」究竟是不是鄉村）風景的佳句，堆砌成篇，現實世界是沒有這樣的「鄉」的。叫人擔心的是：這些參賽文章都是老師選送的。畫鬼容易畫犬難，和現實脫離的文章易寫，但無論生活抑工作，我們都不需要這種寫作。

　　今日的中學生，要讓他們學習寫生（不錯！不只是繪畫，作文也可以寫生的），把他們帶到一處地方，讓他們寫下他們的觀感；給他們一幀照片，讓他們描寫照片中的人物，他們大抵都要叫苦連天，因為一般的寫作訓練罕有這樣的要求，但我卻認為應該多給學生這類的習作。給學生一張風景明信片，看一段旅遊的錄像，然後要求他們描寫其中的景物。進一步，給他們幾幅人物肖像，叫他們選擇其中一張描

寫，看看其他的同學能否從中知道他選的是哪幅肖像。

　　訓練籃球隊，教練不會每次練習都把球員分成兩隊來一場正式比賽。他會花時間訓練球員帶球、傳球、射球、單擋等等，不同的個別技巧。可是我們的寫作訓練都是叫學生寫一整篇文章，是否可以有點變化呢？譬如，叫學生只是描寫校門外的一棵樹：早上上學時所見，下午放學時的姿采；記述市場上主婦和菜販的討價還價；描寫做完劇烈運動後的疲倦；等候考試成績的焦慮……等等。

　　今日學校的寫作訓練，太因循陳舊、墨守成規。上述種種才真正是寫作訓練（強調的是「訓練」兩字）。每一個練習都該有一個清晰、學生可以明白的目的，可以讓他們自己判斷結果的優劣。這樣學生對寫作練習會更有興趣，更容易進步。

行有餘力，則以學文

　　很多人覺得文化活動，特別是所謂「高級」文化活動，只是小圈子的玩意。喜歡的人不多，影響自然也不大，是可有可無的奢侈品，社會富庶，固然可以鼓勵；一旦經濟不景，就是第一可削除的。支持這個意見的，可以援引孔子為據：孔子一生栖栖徨徨，為的就是要繼存文統，誰敢說孔子不重視文化，然而《論語·學而》記載他說：「弟子入則孝，出則弟，謹而信，汎愛眾而親仁，行有餘力，則以學文。」這不是清楚說明了，孔子認為文不重要，只是做完其他正經事務，還有剩餘的力量，才去學的嗎？

　　我覺得上述「行有餘力，則以學文」一句，還可以有不同的解釋，並不一定是低貶，反而可能是抬高文的地位。

　　一個小學生，剛學會作句，便亟亟想學寫詩填詞。老師對他說：「慢慢來，先把句子做好，寫簡單的文章，書簡通順，到這些都應付得綽綽有餘（行有餘力），我們再談寫詩填詞吧。」一位小孩子，上了一年半載鋼琴課，便要試彈貝多芬的 Op 106 鋼琴奏鳴曲，教師說：「先看看你基本功夫是否應付得來，（行有餘力）再談 Op 106 吧。」這兩位老師的話是輕

視了詩詞，貝多芬 Op 106 的地位？抑或是表示，寫詩填詞，彈奏 Op 106 不是容易的，一蹴即就，是精妙的、深邃的，要打穩基礎，努力下工夫，才能成功？是告訴人這些在文學上、音樂上都不重要，只是少數人的玩意，還是指出這些是高一層的目標，非一般人可以隨便達到，需要痛下苦功？我認為答案很清楚是後者。「行有餘力，則以學文」也應該作如是觀。

孔子這句話並不是低貶「文」，以文為可有可無的餘事，而是指出文的層次高，不是一般人隨便可以學習的。必須先打穩基礎，按部就班，方能成事。如果應付基本功也力有未逮，便遑論學文了。而人類的進步，就是把從前有餘力才能學的，變成今日的基本功，好像從前研究院，博士生唸的物理，今日不再是有餘力的人才能夠學，而是已經納入了一般的中學課程。

知識分子

　　前陣子和幾位在傳媒任職的朋友聊天，談到孟子，説到他對他自己所屬的「士」這個階級的自傲和尊重，惹起了一位朋友意料之外的大反響。孟子説的「士」和今日所謂的知識分子很接近。朋友的反響是他對自稱知識分子的不滿。

　　士在中國一直佔一個很重要的地位，《論語‧泰伯》：「曾子曰：『士不可以不弘毅，任重而道遠。』」就是把大任放在士的肩膊上。不少人把知識分子視為「社會的良心」。余英時教授上世紀七、八十年代，一篇題名〈中國知識分子的創世紀〉的文章對這個看法有很詳細的討論。歷史上有不少士人，如東漢的李膺、陳蕃，就的確以天下為己任，有澄清天下之志。朋友不滿的是：説士是社會的良心，社會的棟樑的，都是士——知識分子自己，是自己派給自己的責任，自己給自己的頭銜。自願挑起重責，肝膽照人，並不是件錯事；但今日的士卻儼然社會領袖，頤指氣使，發號施令，要大眾跟他們走，有沒有想過他們是否真的代表了今日的社會，是否真的挑得起這個重任，是否肯承擔這個責任帶來的犧牲和代價？朋友的反響也許有點過激，卻真是值得自稱知

識分子的反思、檢討。

　　知識分子的自我檢討上世紀初已經出現了。魯迅，很多人只覺得他批評舊社會、頑固保守派不遺餘力，其實他的小說很多是要刺激知識分子反思的。最淺露的是〈一件小事〉。〈故鄉〉和〈祝福〉比較含蓄，更發人深省。同期的郁達夫在這方面也有不少這類自省的作品，如：〈薄奠〉、〈春風沉醉的晚上〉。可惜我們都是只看到別人眼中的刺，看不到自己眼中的樑木，這些故事對知識分子的檢諷，都是視而不見，或有意無意地忽略了。

　　千萬不要誤會知識分子沒有比別人高的責任。他們受惠社會較其他人多，自然回饋也要較別人多。朋友的不滿只是他們的自大，自恃是勞心者，所以覺得理所當然地「治人」。更可怕的是，他們很多其實都不是勞心的，幾曾有為社會擔憂過？都是書本上抄來的口號，真的要行動，就像〈祝福〉的我，只是逃避，「決定要走了」。

三爿麵包店

　　最近和兩位在香港不同的專上院校任教的年青朋友閒聊，說及他們任教的院校都勵精圖治，務求晉身國際知名學院之列。然而，聽他們提到校方的計劃：盡量以英語為第一教學語言，吸納外地學生（特別是非華裔的），網羅國際學人，致力發展研究，……沒有片字隻言提到如何提升教學素質，怎樣為本地培育英才。不期然想到，談到本地教育，一個我常說的故事。在這裏且讓我再說一遍。

　　在巴黎一條小街有三爿麵包店，一向相安無事。一天，其中一爿在門前張貼了一張大廣告，斗大的紅字：「全巴黎最佳的麵包店」，非常奪目。第二天，另一爿在它旁邊的麵包店，不甘後人，也貼出了一張比前者更大、更耀眼的廣告：「全法國最優秀的麵包店」。小街內的居民都在想，第三爿麵包店一定不會示弱，它將會貼出一張甚麼的廣告呢？有說：「全歐最好的麵包店」；有認為乾脆說：「全世界第一的麵包店」，全世界第一，那便無以上之了，還有甚麼可以勝過世界第一？

　　第二天，路人經過第三爿麵包店，只見櫥窗上貼着小小

的一張廣告。走上前細看，端莊的字體，寫着一行小字：「本街最好的麵包店」。

我常常以為大學是一所教育機構，當它訓練出優秀的學生名聞遐邇，四方學子，聞風而至，甚至異域的才雋，盡力克服語言的障礙，不辭千山萬水，都要擠進門牆受教育，於是國際知名。我未曾聽到過為了國際知名，吸引外來學生，不惜棄置自己的母語，忽視自己的後生，以廣招徠的。這不是學府，這是商店。國際知名不是看有多少外來學生，而是看這些學生為甚麼來。試看：劍橋、牛津、哈佛、耶魯、柏林、巴黎，有哪一所大學是以招徠國際學生而名滿天下？學校不致力教好自己當地的學生，而求知名國際，捨本逐末，既愚且妄。

第三爿麵包店的抱負，今日本地的辦學諸公，哪個有這樣不可及之愚、這樣過人的勇氣？

語言警察

士提反・平克（Steven Pinker）的一本暢銷書：《語言的本能》（*The Language Instinct*）是一本好書，不曉得有沒有譯成中文。不過書內很多很重要的例子，很難翻成漢語，就是勉強翻成，也難以傳神。書中最後的第二章 The Language Mavens，是最有趣的一章，也是最難譯成其他語言的一章。

甚麼是 language marven？平克指出，社會中總有些人要想規範怎樣用語言才算對確。在英語世界，他們要決定甚麼是「對確」的英語；在法語世界，甚麼是「對確」的法語。這些自封為「對確語言」的立法人都覺得他們是在保護語言的純正、典雅、清晰、精確、合理……，甚至認為他們這樣保護語言，也便確保了思想的清晰、合理。平克稱這些人為 language marven。「Marven」一詞是「依地語」（Yiddish），是專家的意思。這裏，按書內的用意，把它譯為「語言警察」。平克對這些「警察」甚為不滿，認為他們所謂「對確」語言的規範，大部分是沒有理據的，既非傳統上的當然，也不是邏輯上的應然。所有人，包括文學家、學者，甚至這些「警察」自己，都沒有嚴謹的遵守過。如果謹守這些規範，說話、行

文不是刻板呆滯，便是累贅嘮叨，難以卒聽，再甚者，簡直就開不了口，下不了筆。

　　港澳社會當然少不了語言警察。廣東詞彙見諸文字最惹這些警察的氣，好幾年前一位朋友從國內旅行回來，搖頭不住，嘆息我們的粵語已污染了國內的文字。我請他舉個例。他說：「國內的食肆差不多都標榜『生猛海鮮』。這哪裏是中文？都是廣東話。」我相信「生猛海鮮」一詞的確是源出廣東（可能是出自香港，這可更嚇壞我這位朋友了），然而這又怎麼樣？有甚麼問題？「生猛」不是很好、很傳神，就是非廣東人也容易明白的形容詞嗎？不用「生猛」，又用甚麼去取代？為甚麼要取代？

　　今日的中文其實包含了不少外來語：剎那、夜叉、魔鬼、社會、主義、幽默、雷達、沙發、啤酒、歇斯底里，……等等，我們都樂於使用，毫無怨言，甚至忘記了它是外來語。廣東是中國的一部分，粵語是漢語的一種，何以排斥得比非漢語更厲害？我們的語言，就是因為過去不斷的吸收新詞彙，才成長、活潑、豐富、表達力強。為甚麼現在就不能「生猛」？

語言和所謂邏輯

　　語言警察有時認為我們日常說話不合邏輯，所以需要修正。好幾年前，一次開會討論怎樣推廣學校舉辦的一個活動，吸引更多外人參加。我建議在報張上賣個廣告。一位同事糾正我，認為應該是「買廣告」，而不是「賣廣告」，因為我們是付錢報館，在它的報張上買一個地方刊登我們的廣告。我說廣東話，據我曉得，一直都是說「賣廣告」的。同事以為那只是集非成是，「賣」廣告不合理，應該改。

　　同事說的好像很合理，然而日常語言並不一定合同事所謂的理，日常語中像「賣廣告」一樣的語式多的是：「要治癒這些輕微的皮膚病，曬太陽是很有幫助的」；「傷口千萬不要濕水」；「請關好窗，小孩子生病不能吹風」。這裏的「曬太陽」、「濕水」、「吹風」，按同事的看法都不合理。應該是「讓太陽曬」、「被水濕」、「給風吹」才對。但我們一向是這樣說的，聽的都明白，硬要把這些話改得「合理」，才是不合理。「賣廣告」的意思是「用廣告去推銷（也就是賣）」，和「曬太陽」、「濕水」、「吹風」是同一語式，清楚正確，不必按一己之理胡改。

在叫學生改正病句的試卷中，我看到下面一句：「公園
裏的花，開得芬芳燦爛。」我問出卷的老師，這句話的病在哪
裏。他說：「花開是用眼觀察所得，是視覺的對象。芬芳是
香氣，是鼻子嗅到的，眼看不到，燦爛才是眼可以看到的。
所以從視覺觀察到的花開，只能夠配上眼見得到的燦爛。」
好縝密的邏輯！可惜這只是他們的所謂邏輯。

為甚麼花開只是透過視覺才可以知道？生來瞎眼的人就
沒有感到花開的經驗了麼？花開是外在世界的一種現象，我
們一般是從視覺得知，但不是只可以從視覺得知。就是語言
警察也不難想像我們可以憑觸覺知道花開。為甚麼偏是不能
從嗅覺得知？誰立下的規矩？誰設定的原則？

根據同樣的理由有人認為：「我聽到某人在隔壁房間」這
句話有毛病。我們只能看到某人在哪裏，不能聽到他在哪
裏。誰說的？某人在哪裏，我們固然可以從視覺得知，但也
可以憑聽覺，甚至嗅覺得知。有人會反駁說：「我們是直接看
到某人在哪裏。我們只是間接，從隔壁傳來像某人的聲音，
推知他在隔壁而已。」嚴格來說，我們其實只是看到類似某
人形狀的物體，從而推知他在隔壁而已。如果聽到他在哪裏
是間接，看到他在哪裏也同樣是間接。

有次，某人在電台上說：「孔子和太史公相隔大概四百
年」，有聽眾去信批評說：相隔四百年的只是他兩人所處的
年代，不是他們兩個人。世界上的物體都存於時空之內，他
們彼此間的距離，可以是時間上的，也可以是空間上的。除

非會引起誤會，我們不必處處指明是時間上，抑空間上的距離。上引的話，就是沒有聽清楚「相隔四百年」這幾個字，我相信沒有人會誤會某人說的是孔子和太史公空間上的距離。聽眾的批評，我看不免是語言警察的吹毛求疵。倘使說話行文，處處都要謹守這些所謂邏輯，否則動輒得咎，要不是癱贅嘮叨，了無生氣，便是開不了口，動不了筆。

　　面對語言警察，予豈好辯哉？予不得已也！

正音

　　談到語言警察，總不能避免提及正音，因為在港澳地區，語言警察最關注的是正音。在他們的眼中最嚴重的罪行就是錯音。

　　正音，當然重要，一個字隨便怎樣唸都可以，那是甚麼語言？如何能夠彼此溝通？可是怎樣決定甚麼才是正音，卻不是件容易的事。

　　有人認為決定正音有甚麼難？翻查一下有學術地位的字典，便不解決了麼？在這裏就讓我們先談一談字典。

　　究竟字典記載的字音是規約性（prescriptive）的呢？還是描述性（descriptive）的呢？規約性就是不能違背的，違背了便是犯規，就像國家的法律。描述性就只是記錄一般的現象或習慣。字典所載下的讀音是描述性的，編字典的人只是把當時約定俗成的讀音記錄下來，不是任何君王、政府釐定，強制執行的。字典的讀音雖然不失為一個大家遵守的好標準，可是，如果把字典，尤其是好幾百年前的字典的讀音，視為「正」，以今日約定俗成通行已久的讀音為「錯」，必須改正，那就忘記了字典本來並不是規約性這個事實了。

　　漢字的形、音、義，都是不斷地在變化。今日普通話，「藍」、「蘭」無分，「南」、「難」不辨，可是在唐代，它們分屬不同的韻部，顯然不是同音字。我們是不是要把今日普通話「藍」、「蘭」的讀音視為錯，要把它們修正呢？如果認為不必，何以厚彼薄此，硬要按幾百年前的字書，修正今日的粵音呢？幾百年前的字書是記錄了當年約定俗成的讀音，為甚麼當年的約定俗成勝於今日的約定俗成？為甚麼一直在變化的字音要止於那本字書的年代？以後便不許再變？

　　「煙視媚行」本來是形容婦人舉止安詳端莊的；「慘綠少年」指的是風度翩翩的青年男子；「愚不可及」是稱讚人在無道的社會不同流合污。今日這三句話通常的用法都是帶負面的意思。我們在課堂可以讓學生知道這幾句話原本的意義，但卻沒有幾個人會堅持仍然用這幾句話來稱讚人的。這除了在一般人面前炫耀一下自己對中文的知識以外，只會惹來不必要的誤會，為自己找麻煩，沒有任何的好處。然而對於讀音，不少人卻堅持，「構」必須唸「救」，不能唸「扣」；「雛」音「鋤」，不是「初」。無論今日怎樣通行的字音，都不能不按幾百年前的字書來正一正。為甚麼？

怎樣看語言

　　語言警察最大的誤差就是過於追求語言的正確。讀者也許會說：「追求語言正確怎會是誤差？」請稍安無躁，聽我道來。

　　談到語言，有兩點必須牢記：第一，語言主要是人與人之間溝通的一種工具。如果為了「正確」而不顧溝通，未免本末倒置。我們要求讀音正確，因為唸錯了音，聽的人聽不明白，或者誤以為另一個字，錯解了說者的意思。可是如果把音正到好幾百年前字書的讀法，罔顧今日已經被一般人接受、約定俗成的讀音，反而構成溝通上的障礙。當追求正確妨礙了溝通，我覺得應該以溝通為上。

　　其次，語言是不斷地在變化，變化的原因、動向，我們往往不能預知，亦無從駕馭。語言是最民主的，大多數人變，也就回天乏力，也無須亟亟於「回天」。教語文最重要不是教學生甚麼是正確，而是幫助他們了解別人（包括前人，所以要學學文言），和他人溝通得更好，表達自己表達得更充分、傳神。香港地區語文教育最大的失敗，就是追求正確，過於幫助學生表達、溝通。

撒母耳‧莊遜（Samuel Johnson 1709-1784）在 1755 年獨力編纂出版的《英語大字典》被譽為語言文學史上罕見的傑作，歷時差不多兩世紀都未有其他英語字典可以和它並肩，更遑論取代了。在他字典的序言裏，他說：

> 認為我〔字典編纂〕的設計很好的人，要求〔我的字典〕修正我們的語言，不再讓因為時間，巧合的機緣，毫無攔阻地為語言帶來變化。我也曾經一度希望取得這個成果。然而，今日我明白，這只是個無論在理智上，抑經驗上都找不到支持的奢望。當看到歷世歷代，每個人都漸逐衰老、死亡，我們不禁訕笑那些可以叫人千年不死的靈丹妙藥。今日的「字典學者」同樣值得嘲笑。他們找不到任何一個國家能夠保存字詞恆久不變的實例，但卻希望他的字典可以像防腐劑一樣，保護語言不腐朽、變易，相信他們的能力足以改變穹蒼下事物的本性……。存着這些希望，他們成立學術機構捍衛語言，約制字詞的流失，禁止外來因素的入侵。他們這種種防範都是徒然的。語音是活潑善變，無從捉摸，不是任何法則可以管束得來的。要鎖定語音，就像要用繮繩把風勒住，只是一種不自量力的狂妄。

關心語言的要好好的一讀這番話。

語言和文化

　　從我國的文字有時可以讓我們窺到古代社會的一斑。就像從「男」字，我們曉得造這個字時，大概三四千年前，中國已經是一個男女分工的社會，在田野勞力的以男子居多。從「塵」字，我們可以推想得知，在這個字出現的時候，中國原野上一定有大群的麋鹿奔馳，所到之處，滿天塵埃。在這裏，我想試試從日常用語探究我國一些基本的思想。

　　普通話的「謝謝」，在廣東話而言，視乎要看謝的是甚麼，有兩種不同的說法：如果謝謝他人饋贈禮物，便跟普通話一樣，說「謝謝」或「多謝」，如果感謝別人的幫忙，替你辦好了一件事，粵語比較正確的回應是「唔該」。

　　「唔該」的意思是不應該。但是說「唔該」並不是批評幫忙的人，而是體悟到幫忙的人其實沒有責任要幫忙自己，他的行為是超乎他職份之內的。就如英語所謂："Beyond the call of duty"。我們各各有份內的責任，但他卻肯多走一步，為了幫助他人，雖然不是他份內該做的責住，都願意無酬地去作。這就如耶穌登山寶訓：「人逼你走一里路，你陪他走兩里」，那種走第二里路的精神。「唔該」，也就是肯定這種正

面，而又積極的「越份」、「走第二里路」的行為。

　　現在，讓我們看看「對不起」，粵語「對唔住」這個常用詞語。

　　「對不起」的意思是說我們的行為和受方的不相稱，及不上受方。婚姻講究門當戶對，在今日也許已經是過了時，但行為的配當卻是千古不易，人與人正確關係的基礎。對確的行為往往是相對的，「己所不欲，勿施於人」，「若要人怎樣待你，你也要怎樣待人」，都是有相對性的。我們不應該要求別人幹我們自己不願幹的事，我們無權要求別人為我們的緣故吃虧，我們對別人的行為要和他們對我們的行為登對，如果不配稱，叫別人吃了虧，我們説聲「對唔住」，也就是承認了在行為上不登對的事實，表示歉意。

　　從我們日用的「對唔住」和「唔該」，我們明白正確的人與人之間的行為必須相稱；也肯定了超乎責任，甘願為他人走第二里路的道德精神。

語言雜談

　　一次和幾位朋友閒談，有以為廣東話「紅毛（唸陰平聲）」指的是葡萄牙人，有認為是指英國人，後者振振有詞地指出，「混凝土」在粵語一般稱為「紅毛泥」或「英泥」，二者同樣普遍，可見「紅毛」和「英」是同義詞，可以互用。面對這樣有力的證據，持異見者也只好噤口了。我卻另有看法：「紅毛」指的是洋人，不管葡萄牙、西班牙、英格蘭、法蘭西，既都不是黑頭髮，一律以「紅毛」稱之。混凝土來自西洋，所以稱之為「紅毛泥」，而珠江三角洲一帶的混凝土從英國進口的較多，故又稱為「英泥」。

　　百多年前，海禁初開，不少商品的名稱，都冠以「洋」字表明它是源於外地，我小時，很多賣衣服的店舖稱為「洋服店」，因為賣的衣服都是西方款式，現在的年青人概沒有幾個聽到過「洋服」這個名稱了。至於「洋火」，知道指的是火柴，便更少了。

　　說到火柴，前兩三年，這裏因為颱風吹襲，斷了三天電。還好我們燒飯用的是煤氣爐。但是煤氣爐是以電打火自動燃點的，沒有了電，燃點便得靠火柴。家裏卻是連半根火

柴也沒有，左鄰右里都沒有，幸好住在十里外的孩子，因為
孫子剛過生日，還剩下半盒燃點生日蛋糕上蠟燭用的火柴，
趕緊送來，才不至「斷炊」。忽然想起，廣東俗語：「易過借
火」，為甚麼認為借火這樣容易呢？

　　未有「洋火」前，我們怎樣生火燒飯的呢？這個問題大
概很少人想過。我曾經問過學生，他們有說鑽木取火（每舉
炊，先鑽木，這可麻煩透了）；有說用火石打火（這雖然比鑽
木好，但還是費時費力的）。其實當時家家戶戶都存有火種
（一枝蠟燭，一盞油燈），傳統上，過年，萬象更新，才更換
火種。《論語・陽貨》記載宰我認為守喪三年太長，一年已經
足夠，說：「舊穀既沒，新穀既升，鑽燧改火，期可已矣。」
「鑽燧改火」便是這個意思。偶然，家中的火種滅了，到鄰
居借家家必備的火，又不費別人一分一毫，應該沒有人會拒
絕，所以「易過借火」：沒有比借火更易的了。平常慣用的俗
語，如果我們想一下，裏面可以含有不少消息的。

鬼，魔鬼，洋鬼子

漢語中有很多外來的詞彙，譬如：沙發、恤衫、卡通、歇斯底里……等等。不少，特別是來自天竺，隨佛教傳入中土的，因為源遠流長，我們往往忘記了它是外來語。「魔」字便是一例。

好幾年前在電台一個節目中我說：「中國的『魔』字，是外來語，源自梵文『魔羅』，今日粵語稱印度人為『嚤囉差』『嚤囉』便是『魔羅』，是妖鬼的意思，就等於粵語叫外國人為『鬼佬』，是含有歧視、貶意的，應該避免使用。」一位聽眾去信電台，說我公開稱印度人為「嚤囉差」，侮辱少數民族，應該馬上把我免職，並公開對印度人道歉。我們解釋節目只是說明「嚤囉」一詞的來源，而且更清楚表示詞帶歧視，叫人不要再用，他仍然不滿意，我們請他直接向電檢處投訴，結果便沒有下文了。

我們稱外國人為「洋鬼子」，廣東話稱「鬼佬」，也是一種歧視，還是避免不用為宜。我有一位外國朋友，精通中文，普通話、廣東話都非常流利，和他通電話，不容易聽出他是外國人，而且能讀能寫，寫得比一般港澳中學生要好。他常

常以「鬼佬」一詞為例，批評我們的種族歧視。有一次，我按捺不住說：「普通話的『洋鬼子』暫且不說，但粵語的『鬼佬』卻未必一定是貶意，請讓我提出另一看法。」

廣東人的「鬼」字只是表示異常，與眾不同，不一定帶貶意。我們看到一個醜陋的人，固然會說：「鬼咁醜樣」，可是看到一個漂亮的人，我們也會說：「鬼咁靚」；我們會罵人：「鬼咁蠢」，但也會讚人：「鬼咁聰明」。可見「鬼」字並不只是用於負面的形容、批評，也用於正面的描述、讚許。「鬼」只是表示不尋常。「鬼咁醜樣」就是非常難看，而「鬼咁靚」便是非常漂亮。我們稱外國人為「鬼佬」並沒有批評低貶的意思，只是指出他們的體態，形貌與我們十分不同，迥然有異而已。

這個說法，好像是個詭辯，可是朋友也不得不承認未嘗不持之有故，言之成理，希望這不只讓他口服，還能令他心服。

古人的歧視

　　有問，中國古代可有種族歧視？當然有，華夏的人瞧不起蠻夷戎狄，不就是一種歧視了麼？只是傳統教育叫我們覺得把化外之民摒諸四夷不與同中國是天經地義的。對這些「非我族類」的歧視，暫且不論。就是同屬華夏之邦，彼此間，仍然是有歧視的，而且歷史悠久。

　　讓我們看看幾則春秋戰國時候的故事。第一則，大家熟悉的「揠苗助長」的成語故事。一個人嫌所種的苗長得太慢，到田裏，把每棵苗都拔高一、兩寸，筋疲力盡，結果苗都給他弄死了。原文見於《孟子·公孫丑上》：「宋人有閔其苗之不長而揠之者，芒芒然歸。謂其人曰，今日病矣，予助苗長矣。其子趨而往視之。苗則槁矣。」

　　另一則，載於《韓非子·五蠹》：「宋人有耕田者，田中有株，兔走觸株，折頸而死，因釋其耒而守株，冀復得兔。兔不可復得，而身為宋國笑。」有農夫看到一隻兔子，碰死在田中一棵樹下，便不再耕種，天天守在樹下，希望可以得到另一隻兔。這便是成語「守株待兔」的來源。

　　最後一則，出自《莊子·逍遙遊》。「宋人資章甫而適諸

越，越人斷髮文身，無所用之。」一位商人，沒有預先做好市場調查，買了一批上佳的禮帽、禮服，帶到越國去賣，不曉得越國的人，光着頭兒不戴帽，愛紋身，不愛穿衣服。結果虧了大本。

大家有沒有看到這三則故事裏面有甚麼相同的地方？這三則故事裏面的主人翁：揠苗助長、守株待兔的笨蛋農夫，到越國售賣貴價衣服、血本無歸的傻瓜商人，都是宋人。春秋戰國子書裏面的故事，說到「有宋人者」，十之七八非愚則妄。難道宋國盛產愚妄之徒？不是的，這是歧視：周朝人對宋人的歧視。就像英格蘭人的笑話中，蘇格蘭人十之八九都是吝嗇的。蘇格蘭人不盡都「孤寒」，只是英格蘭人對他們的歧見。

宋人為甚麼受歧視？原來他們是殷商之後。武王伐紂，斬紂於鹿臺，本來封紂子武庚以續殷祀，但周成王年間，武庚叛被誅，周公再命紂的庶兄微子代殷後，國於宋。人性趨炎赴勢，古今中外皆然，天子所敗的敵人後裔被歧視，是十分可以理解的。

「埋」、「買」、「掂」、「定」

　　港、臺、大陸接觸越來越頻繁，不少廣東用語已經成了普通話（國語）裏面的日常用語了。但有些因音近的緣故，用到普通話裏面的時候代入了別字，和廣東話的原義便有些差別了。

　　十多二十年前，和一位來自臺灣的朋友吃午飯，付賬的時候他說：「我們臺灣人不少也仿效你們香港人，結賬時說『埋單』了。」「不過，」他驕傲地說，「我們糾正了你們的錯誤，把『埋』改回『買』，不說『埋單』，說『買單』。」我說：「我們廣東人向來都是說『埋單』的，何來『改回』，有甚麼要『糾正』？」他理直氣壯地說：「我們付款把賬單買回來，不是把它埋掉。」我說：「你錯了。賬單只是列出我們所買的，並價錢。我們付錢買的不是那張單子，而是其中所列的貨品或服務。『埋』字在粵語是有『結束』的意思。廣東人說：『食埋飯先至去』意思是：『吃過飯才去』；『睇埋本書先至瞓』就是『看完書才睡』；『差少少，做埋佢啦』意即『只差一點點，把它做完吧』。在這些話裏，『埋』都是『結束』之意。所以『埋單』就是結賬。你們不懂粵語，擅自妄改。『買單』不只沒有糾正

任何錯誤，還把本來對的改成錯的。」朋友聽罷，頻說對不起，誤以為廣東人把「買」字讀歪了音，產生了他們認為不通的「埋單」一詞。

最近普通話的詞彙裏面又多了另一個比「埋單」更流行的誤譯廣東詞：「搞定」。「搞定」是從粵語的「搞掂」而來的。粵語的「掂」字有「直」的意思。粵語的「橫掂」跟普通話的「橫豎」同義。「掂」就是「豎」。「搞掂」就是「弄直」，是「解決了麻煩」、「使順利」的意思。「掂」跟俗語：「船到橋頭自然直」裏面的「直」字同義，並沒有「決定」的意思。廣東人問：「搞掂未？」是問困難、麻煩解決了沒有，事情暢通了沒有，並不是問事情決定了沒有。大概因為「掂」字的音是以「M」結束，普通話裏面沒有以「M」結的字，所以誤「掂」為「定」。「事情進行順利，麻煩解決了」和「事情已經決定了」雖然意義很接近，卻還是有點兒不同，把「搞掂」翻成「搞定」不能不說是略嫌欠妥。

學而時習之

最近閒談中，一位朋友說：「聖人教訓我們學到的東西要常常溫習，否則便會忘記了。」他話的前半指的是《論語‧學而》的「學而時習之」，後半是他自己加上去的解釋。他對這句《論語》的了解，雖然和不少人的看法一樣，我卻是不敢苟同。

「學而時習之」只是全句的上半。下半是：「不亦說（悅）乎！」整句的意思是：「學而時習之，不是很快樂嗎！」（「不亦說乎」只是修辭上的問話式，其實不是問話，而是加強肯定，所以在此的標點符號我不用「？」，而用「！」。）

為甚麼不同意朋友對「學而時習之」的解釋呢？因為我不覺得時常溫習學到的東西是件很快樂的事。對懶惰的人而言固然不是樂事，就是對勤奮的人而言也不是件樂事。學到的東西，不錯應該常常溫習，但並不是因為是件樂事，而是為了避免一曝十寒，把學到的忘掉。能夠把學到的牢記，需要時可以拿來應用，那才是「不亦說乎」。時常溫習只是達到牢記不忘所學的這件樂事的手段，本身並不能說是「不亦說乎」的。

　　「時」字在先秦大多作「合時」解。《尚書‧洪範》提到休徵（好的徵兆），列舉了：時雨、時暘、時燠、時寒、時風。這裏的「時」字都當「合時」解；常常下雨，並不是休徵，而是咎徵（壞的徵兆），〈洪範〉稱之為「恆雨」。《孟子‧梁惠王上》：「斧斤以時入山林，林木不可勝用也。」又〈盡心上〉：「君子之所以教者五：有如時雨化之者，……」這裏的「時」字如果解作「時常」，於義不合，都應該作「合時」解。《論語》裏面「時」字一共出現過十次。用作副詞的時候，如〈鄉黨〉篇的「不時不食」、〈憲問〉篇的「夫子時而後言」等等，也都是作「合時」，而不是作「常常」解的。

　　至於「習」字，先秦典籍多作「實踐」解，鮮有解為「溫習」的。《孟子‧盡心上》：「行之而不著焉，習矣而不察焉，終身由之而不知其道者眾矣」；《論語‧學而》：「傳不習乎？」就是例子了。

　　孔子在《論語‧學而》裏面認為，「不亦說乎」的，從上面的證據看來應該不是學了又時常溫習，而是所學到的，有適合的時機去一展所長。學到的東西沒有運用的機會，實在是件十分痛苦的事。生正逢時，學而時習，那卻真是人生的大快事。

　　除了「學而時習之，不亦說乎」這句的解釋外，這一則《論語》還有另一個很重要、但卻鮮有人留心的問題。

　　這則《論語》提到三件事：「學而時習之」，「有朋自遠方來」，「人不知而不慍」，為甚麼把這三件事放在同一則之內？

我們教學生作文，常常提醒他們，沒有關係的事，不要放在一起。放在一起敍述，必須有個理由。〈學而〉第四則説到三件事：「為人謀而不忠」，「與朋友交而不信」，「傳不習」，因為這三件事都是曾子「吾日三省吾身」的事，所以放在一處。那麼〈學而〉第一則放在一起的三件事又是甚麼理由呢？

固然，我們可以説這三件都是難得的事。但這三件事的難得是不同類的：第一、二件是難得的樂事，第三件卻是難達到的內在情懷。第一、二件是由不得我操控，可遇而難求的際遇；第三件卻是可以自我修為而達至的境界。

我看還有另一個把這三事放在一處，而且是提綱挈領地放在《論語》全書的卷首的更好理由：這三件是籠括孔子一生的最佳寫照。

孔子一生，栖栖徨徨周遊列國希望能找到機會可以實現他的政治理想，結果未償所願，只能嘆如匏瓜般繫而莫食。他很明白「學而時習」的欣悦，可是卻未能一嘗。

《論語‧憲問》記載了孔子「莫我知也乎」的嘆息。的確孔子一生真正認識他、知道他的人很少。他是知道遠方有朋的快樂。可惜就是他近身的弟子——子路、子貢——對他都不了解。稍稍明白他的只有顏回一人，卻是短命而死。

雖然未能學而時習，未能獲知於遠，但孔子卻守道固窮，實實在在地做到了「不患人之不己知」，達到了「人不知而不慍」的境界。

〈學而〉第一則把這三件事放在一起，置於全書之首，概

括地介紹了孔子——《論語》一書的主角的一生，裏面蘊涵了多少感喟，幾許欽羨，實在是文學上神來之筆，掉以輕心，便很容易疏忽錯過了。

孔子的出生

　　《史記‧孔子世家》記載：「紇（孔子的父親叔梁紇）與顏氏女野合而生孔子。」這句話很簡單，裏面沒有甚麼艱深，晦澀的詞語，然而卻引起不少的爭辯。原因何在？就在「野合」這兩個字。

　　本來「野合」最普通的解釋是：「在野地交合。」如果這句話說的是其他人，我相信沒有人會反對這個解釋。可是這是關乎聖人的出生，野合的是聖人的父母，這可不得了。所以傳統的中國讀書人，讀到《史記》這句話，總是渾身不舒服，不肯接受「野合」普通的解釋，曲為解說，認為「野合」應釋為不合禮的結合，因為叔梁紇的年紀比顏氏女大得多，夫妻年紀懸殊，於禮不合。在這篇不到千字的短文，我無意臚列出不同意這個解說的理由，只是要問，為甚麼聖人父母，便不會，也不該野合？

　　傳統讀書人懾於孔子聖人的稱謂，任何他們覺得不對的事情，也不管是否真的不對都認為不該和孔子有關。叔梁紇是一介武夫，在二千多年前的社會，一個武士和女子在野地交合並沒有甚麼值得大驚小怪。

　　姑且把野合這種行為視為不對吧，就是孔子犯了這錯那又如何？要知孔子之所以被尊為聖人並不是因為他沒有犯錯，他自己說過：「丘有幸，苟有過，人必知之。」可見孔子自承有過，而且沒有文過飾非，甚至以過為人所知為幸。（因為這樣，才能知錯，才能改過。）他所以被人推崇，是因為他肯學，能改，不再錯第二次，就是所謂「不貳過」。何況這裏，野合的是孔子的父母，不是孔子自己，又有甚麼必要為他們曲解、開脱？

　　或許有人覺得，要是孔子父母在孔子出生前犯了他們認為是傷風敗俗的事，孔子的生命也就失去了一點光彩。我們必須牢記，一個人的價值不在遺傳，不在他父母是誰。如果孔子所以是聖人靠的是遺傳，也就沒有甚麼可貴了。我們不像孔子，不是聖人，只不過因為我們不是孔子父母所生。父母由不得我們選擇，作不了聖人也便不是我們的責任了。《孟子》裏面所説：「舜何人也，予何人也，有為者亦若是！」也便成了不能落實的空言。

　　為賢者諱未始不是好事。但如果曲解文意，替賢者隱瞞，甚或替賢者父母隱瞞，那卻大可不必。這樣做，不會增加賢者的光輝，反倒減損了他們的偉大。

為賢者諱

上文談到為賢者諱，我說這未始不是件好事，不過如果為諱而扭解文意，歪曲事實那卻反而不美，減損了賢者的偉大。陶淵明就是這樣的一個受害人。

昭明太子蕭統（501-531）的〈陶淵明傳〉記載：「其妻翟氏亦能安勤苦，與其〔陶淵明〕同志」，為退隱後陶潛的家庭生活寫出了一幅夫唱婦隨、依依耦耕的和諧畫圖。蕭統愛嗜淵明的詩文，更「尚想其德，恨不同時」。有沒有因此而為賢者諱？

他所描繪的，和陶淵明的自述，是頗有出入的。

陶淵明在〈與子儼等疏〉中有這麼一段話：「余嘗感孺仲賢妻之言，敗絮自擁，何慚兒子？此既一事矣。但恨鄰靡二仲，室無萊婦，抱茲苦心，良獨內愧。」孺仲賢妻，指的是後漢王霸的妻子。王霸隱居守節，後來見到當官友人的兒子，車馬服從，氣派十足。自己的孩子，蓬首垢面，衣衫襤褸，身為父親，深感慚愧。他的妻子鼓勵他說：「你朋友的富貴又怎比得上你的清高？何必因兒子剎那間的羞愧，而懷疑自己一貫的志願？」兩人遂共終身隱遯。

　　寫〈與子儼等疏〉的時候，陶淵明正為自己隱居不仕以至兒女幼而飢寒感到非常不安，處境與王霸很相似，所以想到王霸妻子的話。但耐人尋味的是接下來的「此既一事矣」一句。這句話翻成現代漢語就是：「這是一回事。」在這裏插進這句話，就是暗示：我的遭遇呢，那可是另一回事了。是在嘆息，他沒有孺仲的賢妻。

　　如果認為只憑「此既一事矣」一句便判定淵明的妻子沒有支持他的歸隱，未免有深文周納之嫌，那就請繼續往下看。只一句以後，陶淵明寫道：「室無萊婦。」萊婦就是老萊子的妻子，據《列女傳》她勸勉老萊子辭聘隱居，「老萊子遂隨其妻至江南而止」。「室無萊婦」很清楚是在嗟嘆他自己沒有像「萊婦」一樣支持他辭官歸去來的妻子了。否則「室無萊婦」這句話又該怎樣解呢？

　　前一句「此既一事矣」，後一句「室無萊婦」，陶淵明妻子並不是如蕭統所說：「安貧苦與〔淵明〕共志」是再也明顯不過的了。是不是昭明太子為賢者隱，我不敢妄下斷語。也不是千年後故意揭陶淵明家庭的瘡疤。只是覺得如果明白了陶淵明妻子並不支持他的歸隱，甚至可能嘖有煩言，明白了他所受家庭的壓力，陶淵明的固窮守志，順心適性便更難能可貴，更值得我們欣賞。感到他被譽為隱逸詩人之宗也真是實至名歸了。

對手？朋友？

　　有人覺得自然界對人並不友善，給人類不少障礙。就如：崇山峻嶺，大海急流，為人類帶來了不少的麻煩。自然界力量雖然大，但人類憑着智慧、毅力，築橋開路，展翅（飛機）揚帆，衝出狹小的環境，闖出一個廣闊的天地。這只是一個例，在其他方面，人都逐漸掙脫了不少自然的限制，享受前所未有的自由。把自然界看成一個強大卻又可以克服的對手，是西方文化的一個重要信念。

　　從另一個不同的角度看去，自然界卻是人類的朋友。春夏秋冬，四時有序，按着自然的時間表，播植耕耘，就可以如《詩經》所云：「多黍多稌，亦有高廩，萬億及秭。」有生之初，直到今日，千代的人，便是這樣和自然合作過活的。把自然看成可以靠賴的朋友，是我國文化的一個中心思想。所以《尚書‧洪範》說到大禹的父親鯀築堤壩阻截洪水，「鯀陻洪水，汩陳其五行，帝（上帝）乃震怒。……鯀則殛死。」直到禹順水性疏導洪水，上帝才高興，「彝倫攸敍」，天下太平。

　　這兩個看法是沒有優劣之分的。過去四、五百年，西方

和自然競爭的成果是有目共睹的。可是就如英哲羅素所說：
「科學曾經是我們了解這個世界的方法，可是隨着科學的勝
利，科學今日已經被視為改變自然的手段了。」科學的開始本
來是對宇宙的好奇，希望多了解這個宇宙，我們可以和它交
個朋友，愉快合作，趨吉避凶，不作正面衝突。然而，慢慢
我們把積累對宇宙的知識製成一套利用、控制，甚至強逼自
然為人服役的方法。自然再不是朋友，也不是對手，變成是
敵人、獵物了。我們不尋求和它合作，不絕誇口人定勝天，
要把它征服、俘虜，使它成為服役我們的奴隸。

　　試舉一例，經過 1992 年的颱風安德烈，佛羅里達州釐
定建築新條例：沿海房屋必須經得起三級颱風的風力。科學
先進，這又有何難！建築費高一點，為了無敵海景，不少人
都樂意付。不錯，颱風襲來，房子沒有倒塌，堅固不動搖。
可是風高浪巨，房子離海咫尺，海水便都湧了進來，屋內水
深四、五呎。高三、四十層的華廈，應該安全了吧？全城斷
電，電梯不能運作。地底停車場抽水系統停頓，裏面所有華
麗房車都泡了湯。就是修理這些損壞，價錢可能已經比二十
年前重建房子要高了。有了今次經驗，再釐定新法，把房屋
建得不畏風、不怕水，那可仍然未夠，還需要有自己固若金
湯的發電站才策萬全。那建築費……？

　　我是故意誇大了。不過我要說的是這種天人角力，人定
（這個「定」不是「定必」，而是「定要」）勝天的哲學很有商榷
的必要。避免把房子建在高風險地帶，維持沿岸一帶的自然

風貌，把它劃成公園，讓普羅大眾都可以享受，是不是較合理，更妥善的政策？

　　今日我們對自然的態度是扭曲的。也許我們應該把自然界當朋友。我們可以請求朋友幫忙，甚至好像管仲一樣，間中佔朋友（鮑叔）一點小便宜，那是可以接受的。但朋友不是奴僕，我們不該有征服、勉強、奴役他的意圖。這方面，我們「實迷途其未遠」，胡不歸？

上帝的左手

牛頓晚年對友人說：「我不曉得世界怎樣看我，但我覺得我自己像個在海邊玩耍的孩子，偶然撿到一塊較一般光滑的圓石，一枚比平常美麗的貝殼，然而在我前面展開的是還未被參透的真理的大海汪洋。」

就是百世難得一見的偉大思想家，站在浩瀚無涯的知識海洋之前，都不能不感到渺小、無助。莊子二千多年前已經說過：「吾生也有涯，而知也無涯，以有涯隨無涯，殆矣！」可是，讀〈養生主〉，我總是對「殆矣！」之嘆感到不舒服。我們是不是應該在知識大海的邊緣，望洋興嘆，卻步不前？

另一位英哲，羅素很喜歡下面題名〈無限〉的一首詩，認為最能代表他對人和宇宙的看法：

> 我最愛一個孤獨的山岡／一垛短牆隔斷了我對遠方地平線的眺望。／我坐在那裏凝視，想到無邊際的穹蒼／穹蒼之外，不屬於這個世界的寥寂／嚴肅深邃的安詳，我的心幾乎／變得茫然無措。／當風／寥寥於喑地掠過樹梢，我不自禁地／把風聲和無限的寥寂比較，／

我想到永恆，╱已經死了的歷世歷代，和當下這些╱生存的喧嘩熙攘。如此╱我的思想便沉沒遇溺在這悠悠的蒼茫裏，╱可是在這樣的大海中覆舟，卻是甜美得難以想像。

羅素明白以有涯隨無涯是可以沉沒在這悠悠的蒼茫中的，然而，這樣覆舟遇溺，他卻認為是「甜美得難以想像」。

德哲黎誠（Gotthold Ephraim Lessing 1729–1781）説：

「人的價值不在擁有，或自以為擁有真理，而在他對探索真理那種誠懇的努力。因為人的能力是透過探索真理，不是靠擁有真理而擴展的。唯有透過真理的探求人才能臻於至善。擁有真理只會叫人靜止、懶惰、驕傲。

「假如上帝把真理完全掌握在祂的右手，左手卻持有獨一無二的對真理永恆的探索，而且還宣告這個探索會永遠不斷地犯錯誤。然後祂對我説：『選擇！』我會謙卑的握緊祂的左手説：『父啊！這個給我！純淨無誤的真理只有你才配得。』」

走高架繩索的人

　　我不很同意《莊子・養生主》:「吾生也有涯,而知也無涯,以有涯隨無涯,殆矣!」裏面的「殆矣!」之嘆。如果我們以尋得並擁有「真理」為求學的目的,那確乎是「殆」的。然而像十八世紀德哲黎誠所云:上帝右手持永恆的真理,左手執對真理永恆的探求,而我們抓緊的不是上帝的右手,而是祂的左手,以追尋真理為生命的鵠的,這樣,以有涯隨無涯的「隨」可以是無比甘美的。

　　尼采的《察拉圖斯特拉如是說》有一個寓言:

　　波斯聖人察拉圖斯特拉(下簡稱察拉圖)從他隱居的山上回到塵世,途中看到一個走高架繩索的賣藝人失手摔了下來,臥在察拉圖身旁,奄奄一息。他對跪在旁邊的察拉圖說:「我早知道魔鬼會絆倒我,要把我拖到地獄去,你能不能阻止他呢?」察拉圖回答說:「朋友,我指着我的名譽對你說,你所說的魔鬼、地獄都不存在,世上根本沒有這些東西。你的靈魂比你的肉體死得更早,再沒有甚麼可懼怕的了。」那人疑惑地望着察拉圖說:「假如你說的是真話,死並不是甚麼損失。我就比一隻為了幾口飯、受人鞭策而跳舞的

禽獸好不了多少。」「不是，不是。」察拉圖安慰他說，「你以危險為事業，這完全沒有可藐視的地方。你現在因你的事業而死，為這個緣故，我要親手給你埋葬。」察拉圖說完這話，垂死的人沒有回答，只是移動一下他的手，似乎要握着察拉圖的手表示感謝。

這個寓言和黎誠所說的同一道理：人生，「隨」比「得」更有意義。尼采認為：「都是那些已經飛倦了的小鳥，迷了路才可以給人捉到——我們手抓到的，所能保存的，都是那些不能再活，乏力再飛——倦弱的，成熟的。」也就是《莊子·天道》裏面，輪扁所謂的糟粕。

「人是一條繩索，懸在禽獸與超人之間——一條高架在深淵上的繩索。一個危險的橫渡。危險的進程，危險的後顧，危險的戰慄和停頓。」

無可奈何

「無可奈何」是一個不容易譯成外語的漢語常用詞。一般人以為無奈就是接受宿命論，向不能抗拒的命運低頭。是一種消極、懦弱的表現。這是錯誤，就算不是錯誤，也是對「無可奈何」一個十分膚淺、粗糙的認識。

周策縱教授在他的〈論王國維人間詞〉説：「王國維詞令人讀之有『無可奈何』、『似曾相識』之感。古今大悲劇詩人無不使人有此感也。」「無何奈何」是文學家，特別是中國的文學家所最要追尋、捕捉、呈達的一種境界。

晚清詞人況周頤的《蕙風詞話》裏面説：「吾聽風雨，吾覽江山，常覺風雨江山外有萬不得已者在。此萬不得已者，即詞心也。」周教授認為「此所謂『萬不得已』……〔就是〕『無可奈何』之境。」

人世間有很多的「不得已」。大的「不得已」，也就是況周頤的所謂「萬不得已」，不是我們應該抗拒、埋怨，以之為逃避的藉口。這些「不得已」是生命的核心。拿掉這些「不得已」，人生便不再是人生，起碼是黯淡無光，失掉不少姿采了。這些「萬不得已」是有涯邂逅無涯的感受，也可以稱為

「無可奈何」。

　　王國維的〈點絳脣〉:「厚地高天，側身頗覺平生左。小齋如舸，自許迴旋可。聊復浮生，得此須臾我。乾坤大，霜林獨坐，紅葉紛紛墮。」獨坐霜林，環繞的是無邊落木，頓悟自我的須臾、渺小；乾坤的浩瀚，無垠無盡；有涯，無涯共處的愴惘、敬懼。然而這個須臾我卻偏偏不量力，邂逅這個無涯的大乾坤，莊子說:「以有涯隨無涯」，指的就是這個邂逅。

　　那麼人是否要量力自律，以免陷入殆矣的窘境呢？無奈的是:這個邂逅也是「不得已」的。「人生不滿百，常懷千歲憂」，不是自討苦吃，而是與生俱來的。「吾生也有涯，而知也無涯」，固然由不得我，然而「以有涯隨無涯」的意欲也是由不得我。法國思想家卡繆就把「沒有任何人可以全知，但也沒有任何人不追求全知」稱為人生最大的「荒謬」（absurd），這也是大大的無可奈何。

有涯與無涯

　　人間世那種無可奈何的境界。晚清詩人況周頤稱之為宇宙間的「萬不得已」，我為它創了一個特別的詞彙：「有涯和無涯的邂逅」。

　　我們每一個人都是有限的，我們存在的時空有限，知識有限，能力有限，但卻廁身於無限之中：無限的時空，無限的知識，無限的可能。這本來不是問題，要是這兩者之間，互不接觸，恍如陌路，可是偏偏造物者又賦予我們這些有涯一個無涯的意欲，驅使我們向無限追求。我們知道路不止是漫長修遠，而是無窮無盡，依然「吾將上下而求索」，雖然面對「殆矣，殆而已矣」的警告，卻是「雖九死其猶未悔」。這種對無涯不得不如此的邂逅，便是最高層次的無可奈何。人世間最動人的悲歡離合，往往就是這種邂逅的結果。

　　王國維〈臨江仙〉下半闋：「郎似梅花儂似葉，揭來手撫空枝。可憐開謝不同時，漫言花落早，只是葉生遲。」開謝不同時是常理，非有涯所能改的。葉的感喟沒有怨恨自憐，那種無奈的淒婉情深，攪人懷抱。有妄人不解，把「是」字改為「恨」字，整首詞頓時索然無味，點金成鐵，鮮有過此者。

　　花落早、葉生遲只是不得已中的小者。歐陽永叔的〈玉樓春〉：「人生自是有情癡，此恨不關風與月。……直須看盡洛城花，始共春風容易別。」盡看洛城花固然是不可能之事，但卻是情癡所不得已的願望。這種不得已之癡，是一切大成功、大學問的起點，沒有盡看之癡，一切所得就只是一般尋常的風月。

　　不少人是看不到人生的無奈，或者對這些「不得已」視若無睹。這不是愚昧無知，便是自欺欺人。「念天地之悠悠，獨愴然而涕下」的寂寞，「不知老之將至」的樂天，「縱浪大化」的豁達，「知其不可為而為」的矯強，「眾生未覺難成佛」大乘佛教的悲憫，都是清楚認識這些無可奈何，卻又不迴避與無涯的邂逅，所得沁人心肺、動人魂魄的結果，是古今詩人最要呈示的境界。

也便休的心態

　　杜甫〈江上值水如海勢聊短述〉:「為人性僻耽佳句,語不驚人死不休。老去詩篇渾漫與,春來花鳥莫深愁。新添水檻供垂釣,故著浮槎替入舟。焉得思如陶謝手,令渠述作與同遊。」首兩句引述的人頗多,感其豪氣自負故也。

　　金聖嘆《貫華堂第五才子書水滸傳》書末有詩兩首,其二:「大抵為人土一丘,百年若個得齊頭?完租安穩尊於帝,負曝奇溫勝若裘。子建高才空號虎,莊生放達以為牛。夜寒薄醉搖柔翰,語不驚人也便休。」

　　就詩論詩,《水滸》裏面那首詩和老杜的當然不可同日而語。可是就人生態度而言,我卻喜歡《水滸》詩結束兩句多於杜詩的開首的兩句。「語不驚人死不休」固然充滿了天才的自負,但是從另一方面去看,古之學者為己,出語驚人與否又何須介懷?我寫我自己的文章,幹我自己喜歡的事情,「語不驚人也便休」。只要無損於人,也便不必憤憤然以觀眾人之耳目了。

　　今日是一個進取的時代,「死不休」的心態自然比「也便休」的心態更受人稱讚,卻不知這種心態往往帶來不少苦痛。

　　十年前左右，有調查歷屆世運會獎牌得主的感受。未看結果，我們以為，既然取得獎牌，應該都躊躇滿志，得意的程度，當然以金牌得主居首，順次為銀牌、銅牌。可是調查結果，發現銀牌得主最不快樂，而銅牌得主往往是最開心的。這是甚麼緣故呢？

　　銀牌得主因為只差一點點與金牌無緣，成不了世界冠軍，「死不休」的心便更難休止了。不是忿忿不平，便是終日自怨自艾。得銅牌的，距金牌遠了一點，反倒覺得自己幾乎便名落孫山，不能踏上得獎臺階，現在竟然得見自己的國旗升起，而感到欣幸。雖然沒有驚人的成績，卻也便休得很坦然自在。

　　《紅樓夢》第一回裏面躺在青埂峰下的那塊頑石，自覺無才補天，自怨自愧。讀者也受了蒙騙以為頑石的確無才。其實頑石經媧皇煉過，靈性已通與其他石塊一樣，不得補天，只是因為媧皇多煉了一塊，和它的才不才無關。金牌只有一塊，才雋之士又豈只一人？拿不到金，語不驚人並非無才，何用自愧？夜寒薄醉搖柔翰，快快樂樂享受我自己的工作，那管是否驚人，這樣的心態才可以無入而不自得。

責任編輯：羅國洪

封面設計：洪清淇

餘閒偶得

作者：陳永明

出　　版：匯智出版有限公司

　　　　　香港九龍尖沙咀赫德道2A首邦行8樓803室

　　　　　電話：2390 0605　　傳真：2142 3161

　　　　　網址：http://www.ip.com.hk

發　　行：香港聯合書刊物流有限公司

　　　　　香港新界大埔汀麗路36號中華商務印刷大廈3字樓

　　　　　電話：2150 2100　　傳真：2407 3062

印　　刷：陽光 (彩美) 印刷有限公司

版　　次：2019年8月初版

國際書號：978-988-78988-0-1

香 港 藝 術 發 展 局
Hong Kong Arts Development Council 資助

香港藝術發展局全力支持藝術表達自由，本計
劃內容並不反映本局意見。